恋できみが死なない理由

最果タヒ
Tahi Saihate

河出書房新社

恋できみが死なない理由

目次

恋できみが死なない理由

一生じゃない好き

一生好きです、と言われて困ってしまう。一生、と言うことで何が変わるのだろうと思う、疑うわけではないし、そこを否定するつもりはないけど、一生好きは普通の好きより強いんだって思っているその根拠はなんなんだろうと思う。一生じゃないと、一番じゃないと、好きは尊くないんだろうか。命を賭けなきゃ価値を証明できないようなそんな薄っぺらなものなら愛なんて、誰も救えないと思う。

他人なんてどうやってもわかり合えないし、好きになればなるほどその人のことを何も知らないと思い知ることの方が多い。その人の細部まで知り尽くしてそれら一つ一つを採点していくようにして「好き」を積み重ねていくというより、知らないことが多くあるんだということ、時間が経《た》てば経つほど相手は変わっていくし、知っていたことさえ見失うことがあるんだ、ということを、わかって、受け入れて、それでも「好き」と思うことが愛情だと思う。だって、自分のことさえそうなのだ、自分についてさえ、知らないことはたくさんあって、これからの自分がどんな人間になるのかもわからなくて、でも切り離せないし、自分が自分であることから逃れることはできないし、しかたがないから生きるかぎりは自分を見捨てずにいたいと思う、自分のことを自分が不自由にすることだけはしたくないと思う。それは、自分への愛情で、そんな自分への愛情のように、他人のことも見守れるなら、なによりだと思うんだ。私は、他人のことが好きなとき、その人のことを他の誰よりも「わからない」と思う、「知らない」と思う。だから、どうして好きなのかはわからないし、その「好き」は一瞬でも持てたならそれだけで十分に奇跡的で、永遠だとか命懸けだとか一番とか、そんな飾りはひとつもいらないって思うのだ。

むしろ、わからなさを受け入れれば受け入れるほど、一生も永遠もずっとも一番も、「好き」とは真逆《まぎやく》の言葉に思える。あなたのことをどうして好きなのかも、これからも好きでいられるのかも、どんな大きさで好きなのかもわからない、わからないけれど、好きだと思う、好きだと思えたというそれだけで、これまで、あなたに長い人生があって、これからも長い人生があって、私には全てを知ることができないんだという不安を、超えていける気がする。それらの曖昧《あいまい》なものを飛び越えて、どんなふうになろうがあなたからみえる星として、あなたを好きって言える気がする。それは、あなたにもある不安だから。あなたがあなたの人生を生きるときの不安と、あなたを見守る私の不安はたぶん同質のものだから。わからない自分を生きるあなたを、わからないまま愛する時、あなたの生きることそのものを肯定できる気がします。

人は、一生のために生きていない。どんな一生だったのか語れるものにするために、「一生」という作品を作るために、生きているのではなく、いつも目の前の一瞬だけがリアルで、それを乗り越えて傷だらけになって、わけがわからないまま次の一瞬を迎えている。だから、一生ではなく、あなたの今の一瞬に向けてだけ、好きだと言えるのが、その刹那《せつな》な奇跡的な断言が、私にとっての愛情です。

青春という言葉が

青春という言葉が、私たちだけのものだと、信じている。
世界のすべてかのように恋をしたり、笑ったり。
そんなひとたち、そんな年頃、大嫌いだ。

受験生。そう呼ばれることももう慣れた、高3での12月、マスクをして電車を待っていたら、制服を着た男女が向かいのホームで、ふ、と手を繋いだ。電車を降りて、模試の会場に急いでいたら、クレープを持った女子高生が、横並びで道をふさいで、私はスピードを落として、彼女たちの後ろを歩くしかなくなった。そのなにもかもに、「死ね」って心の中で唱えて、かろうじて息をしている。受験。戦うって決めたのは私だった、これが正しいんだって、あいつらが間違っているんだって、言い張ったこともある。まるで正論みたいに、遊んでいる同年代をバカにして、嫌悪して、そのたびに、もっと奥のやわらかいところが押しつぶされそうになっていた。

本当は、正しいも間違いもどうだってよかった。

私は、ただ、受験が終わったら、あっちの世界に自分が戻っていけるのか、そのことばかりが不安だった。

いくつも重ねた「死ね」って言葉が、私の中に溜まって、渦《うず》を巻いている。

未来の私、今の私。深く考えることが怖くて、さらに、さらに、早歩きになる。

1年前、私も目の前にあるものが、人生のすべてだと信じていました。この人以上に好きな人なんてできるはずもないと、この子たち以上の友達なんてもうできないと、信じていました。すべてを、次の瞬間に投げ出していくように過ごして、あの生き方が間違いだなんて思えるわけがない。ただ、このすべてが終わればもう一度、私は、あのころの私に戻りたい。今、未来だけのために生きるから、未来、今だけのために生きる私に、戻ることって、できるのですか。

深夜、カロリーメイトを口に運んで、ペンを摑んだそのとき。祈っても祈っても、見えてはこない未来の私に、繫がっていける気がしていた。その一瞬を、私は今、信じています。消えるわけのない不安の中で、信じることを決めていた。私の受験。これが、私の中の、受験戦争。

「わかってほしい」愛

優しい人って怖くないですか？

私はずっと怖かったんですけど、そんなこと言ってはいけませんか？　友達と少し悪ふざけで自虐《じぎゃく》的な会話をしていたら、それを聞いていたクラスメイトが急に真顔になって「そんなこと冗談でも言ってはいけない」と告げた。私はその子がとても正しいと思ったし、かっこいいと思ったけど同時にいますぐ死にたいとも思った。そう思ってしまう自分が恥ずかしくて、なんでもっとちゃんとできないのだろう、彼女の礼儀正しさと優しさに、向き合えないのだろう、と考えてしまった。考えてしまったけれど、私は、絶対に彼女と心の底から仲良くはなれない、とも思っていた。

私は性格が悪いのだ、と、言ってしまえば簡単で、彼女の優しさには卑屈で防御しながら対応することもできるだろう。そうすれば共存だって夢ではないわけだが、私にはそれは逃げにしか思えなくて、覚悟を決めなくちゃいけなかった。優しい人は優しい人といっしょにいればいいのだ、私は、無理だから、離れます。そう決めるしかなかった。優しい彼らは優しいからこそ、手を伸ばしてくれるけど、それを無視しなくてはいけない、意図的に。自分を決して、許さずに。

これは、地獄だ。あのころは、たぶん、うまくできなかった。どうして放っておいてくれないのだろう、と、優しい人に苛立った、そうして恐怖するようになった。「手を伸ばさないでくれ」と願うことはあまりにも勝手で、私はその手が届かないところまで、走り出すしかなかったのだよなあ。こんな、苦しいことがある？ すこし、優しくされるのもいいかもしれないと思ってしまう、どうしたって思ってしまう、最初は、期待をしてしまう。だからこそ余計に、無理だとわかった次の瞬間、走り出すことができないでいた。自分の、罪悪感に轢《ひ》き殺されてしまいそう。


「生きてるだけで、愛。」という映画を見た。

この映画を見ていると、優しい人の「わかるよ」という態度が、恐ろしかったのかもしれない、と思う。わかってほしいと願いながら、差し出される「わかるよ」という態度が、怖かったのかもしれない。別に、わかってくれなくたっていいのだ、他人なんだから、お互い、そう簡単にわかることなど本当はない。思いやりや親切は、相手の気持ちを考えることから始まるし、優しい人ほどそれを大切にしているけれど、でも、考えても考えても的外れになることが、あるってことを彼らはきっと誰よりも知らない。わかってくれなくていい、というか、わかるわけがない。わかるわけがないということが、べつに遠ざかることではないということ、知ってほしかった。それこそ、わかってほしかった。むしろ、わかってしまうということが、遠ざかっていくことかもしれないよ。この映画の主人公の寧子《やすこ》が恐れたのってそういうことではないのかなあ。

私が何を思うかとか、何が辛いかとか、そういうことを何もかも先回りして察知してほしいわけではなかった、想像で、埋めてほしいわけでもなかった、ただ私はわからない存在であるということを、「わかって」ほしかった。それでもいいと、許してほしかった。それが、私がきっと願っていたこと、「わかってほしい」という言葉で願っていたことだ。優しい人たち、きっと、あなたたちには、永遠にできないことでしょう。

この映画は愛の物語。一人の人間の、愛の物語だ。わかってほしいという感情が、どうしようもなく溢れ、けれど、与えられる「わかるよ」に苦しくなる、何一つ満たされず、ただ溺れてしまいそうになる。そのとき、たったひとり、わかりっこないと知っていながら、それでも、そばにいるひとがいる。何も与えてくれないように見えて、本当に、求めているものだけを、自分と同じように手を伸ばし、みつけてくれるひとがいる。わかる、ってことの恐ろしさを射抜くように一瞬、まっすぐな、愛がやってきていた。わかってほしいと願うこと、そのことが、間違っていなかったと思い出させる。そんな映画。これは、そんな映画です。優しさとか理解とか、本当はどうだって良かったんだ、ここにあるもの、それだけでいい。愛だけで、生きていける。

私はいつも恥ずかしい

10代のころに、田舎の道路に深夜寝っ転がって星を見た。友達が車が来るからと私を起こすまで、その時間は私だけのものだった。車の通りはなかったし、でも友達の態度が真っ当で、危ない、と言われた途端にそれが私にもよくわかった。急に自分がわからなくなる、危ないことを危なくないと思ってやってしまうことが自分には多々ある。そして親切で優しく勇敢《ゆうかん》な友人に救われるたび、私は自分が恥ずかしくて居た堪《たま》れなくなるのだ。

死にたいわけではないし、「なにも怖くない」わけではない。ただ深く考えずにやってしまうし、その考えの浅さに、やってしまってから耐えられなくなる。友達や知人に止められてから、「ああ、危なかったかも」とうっすら思う感じが、本当に思い出としてタチが悪く、今でもたまに胸に蘇り、ぞっとする。思い出すたびにいつも、私は消えたくなっていた。

校舎の屋上で先輩とご飯を食べていて、ふと屋上の端まで行って小さな台に乗ってみたことがあった。慌てた先輩が手を引っ張って降ろしてくれるまでの私は、今思うととんでもないアホだった。先輩は真っ当だ、振り返るといつも私の思い出の中で、私の周りはみんな大人で、私だけが何も考えてなかった。危ないことがあえてしてみたかったわけでも、危ないということが本気でわからなかったわけでも、死にたいわけでもなかった。先輩の声は冷静で、目をじっと見て「危ないから」と言われたのを覚えている。そんな人に、自分の真意をどう伝えたらよかったのか。いや、伝えられても、相手は困るだけだろう。だから私はただ先輩には平気そうに見せていた。それもまた、まるで強がっているみたいで、さらにバツが悪かったのだ。

　考えて、ルールを守って、真っ当にやろう、と思っていても、ふとしたときに、なぜかやってはならないことを意識せずにやってしまう。ルールをくだらないと思っているわけではない、むしろ守りたいし、真っ当でありたい。なんでそんなことをした？　なんて聞かれたくない。そんなふうに聞かれることをしたくない。それでも、たまに走りたくなるように、たまに屋上に立ちたくなった。道路に寝転がったらどうなるだろう？　と思ったのは、別にそれが危ないから、とかでなく、夜に田舎で星を見るなら寝転びたかったから。そして突然、どうして道路に寝転んじゃダメなのか、よくわからなくなったから。「轢《ひ》かれなきゃいいんじゃないか」と思った。轢かれないかどうかなんて、自分で決められることじゃないのに。車は突然やってくるものなのに。突然の万能感だったのかもしれない。轢かれても平気、みたいなものでも、死ぬのなんて怖くない、みたいなものでもなかったが、どこかで自分の運命は自分の手の中にあると信じられる、そういう万能感が私にはあったのだ。私が、寝転がっている間は、車なんて来ないのではないか？　屋上のことだって、落ちなきゃいいのだ、と思っていた。突然風が吹いたら？　地震が起きたら？　なんて考えられない。自分が落ちないかどうかを、自分一人で決められると思っていたんだ。
　助けられて恥ずかしかったのは、きっと、そんな自分が露呈《ろてい》したからだ。

　でも、私はいつも不思議です。みんなはどうして、自分の運命は自分で決めることができないと、あのころ知っていたのだろう。それとも、私がみんなにとっては他人だから、その理不尽さが簡単に理解できるのだろうか？　他人の人生はそうやって冷静に見られるからなのか？　みんなも、自分の人生は自分で決められるとどこかで思っていましたか？

　私には本当のところまだわからない。理不尽だと思う。屋上に立って、風を受けてみたかった、心地よい季節の変わり目に体を晒《さら》してみたかった。でもいつバランスを崩すかわからない、地震が起きたらどうする、と考えなければならないことが、理不尽だと思う。私を私は、守ってやれない。自由にしてやれない。なんて最悪な、ひどい世界だと思う。

　私の、夜の思い出です。車道に寝転がって、夜空を見た。大した景色ではなかった。頭が少し濡れてしまったし、背中も多分汚くなった。というか、寝転がったこと以外ほとんど覚えていないのです。危ない、と真剣に言われて恥ずかしくて、何も言えなくなったとき、私は全てを忘れたいと思った。それなのにこの体験を詩に書いている。私は、世界が私にとって危ない存在であることが、ずっと許せないままなのかもしれないな。

私はいつも恥ずかしい、こんなことが過去にたくさんあります。思い出すたび叫んでいます。

でもだからこそ、絶対にどれも忘れてやらない、と決めてもいます。

世界に負けなど、認めたくはありません。

二度寝の代わりの朝マック

爽《さわ》やかな朝など知らない、朝は世界が爽やか気分になっているだけで、それに置き去りにされるような私がしんどい気持ちになるのは当然で、むしろ不健康なことがしたくなる、私の日常はプラスチック製ではないということを証明するために。私はジャンクな朝ごはんを好む。

朝マックが好きだ。例えばあのマフィン。なんだか分からないのだが、なにか異様においしい。ジャンクフードはおいしいと思ったときに「これは本当においしいという言葉で合っているのか?」と思うところがいい。あまりにも味覚における快感が強くて、文脈が無視されるからだと思う。健康に良いとか、朝の爽やかさとか、それらは文脈として朝ごはんをおいしくする要素なのだが、それらをぜんぶ蹴飛ばして、チーズ!塩分!肉!となる朝マックに癒《いや》される。なんで朝から健康とか考えねばならんのだ。

別に、お腹が空いているわけではないのです。他人がガッツリしたご飯を食べているのを見ると、「元気やなあ」と羨ましくなるぐらいには私も食欲が落ちており、とにかく体が楽なものが食べたい……などと思うが、一方で、本当に疲れ果ててしまうと、このとどめをおいしいものに刺してほしい！　と思う。たとえば徹夜明け、もしくはげんなりするようなことがあった翌朝、朝マックが心底食べたくなってしまう。

朝が来ても何もリセットされなくなってしまったからかな。目が覚めてもまだ疲れていることに、私はもはや慣れている、すっきりした朝などないし、そんなものは子供だけのものだと知った、それから、私は「大人には朝マックがある」と思うようになったのです。朝マックは二度寝「寝る」という行為も全てを放棄する感じがして心地いいが、それに近い。朝マックは二度寝みたいなものだ。脳をもっかい寝かしてあげる。

コロナの自粛《じしゅく》期間、家に閉じこもっていた私は何度も朝マックを食べたいと思った。自粛が終了し、まず朝マックを買いに出ていた。朝食のために外に出るなんて「健康的すぎる」という恐怖もあったが、しかし目的地はマックである、朝マックである、朝が、健康や爽やかさなんかではなく私の欲望のためだけに存在していた。

心にとってこんなにも「健康的な朝」ってきっとないと思うのです。

誰も知らないアニメ

　エヴァンゲリオンが放送されている時間は、テレビを見ていなくても放映予定を知らなくても、すぐにわかる。誰かが必ずアスカやミサトさんについて長文をツイッターに書き始めるから。映画が上映されたら、急いで観に行かなくちゃいけなくて、それはいつどこからネタバレされるかわからないからだ。でも、私が最初にエヴァを見たとき、小学校の廊下で、掃除の時間友達に「あれって終わりどうなったの？」って聞いたら誰もそのアニメを見てなかった、という、あの居心地の悪さはずっと消えない。

　神戸の小学校。阪神淡路大震災のその日、私が避難した母校は、そのころすでに平穏《へいおん》を取り戻していた。私も家に帰れていたし、授業は再開されていたし、でも校舎の半分は仮設住宅としてまだ使われていた。9歳だった私は、暇な夕方はアニメを見るのが習慣で、初回放送のエヴァンゲリオンもなんとなくつけていて、でもあまり記憶にない。近所の家は全部潰れて、まだ空き地のままだった。タイトルもよく覚えていなかった、キャラクターもちゃんとは見分けがついていない。戦うとか人間関係とかあまり好まない子供だったから、絵が動いているという理由だけで、ずっとぼんやり見つめていたのだろう。だからか最終回は「それを見たのかどうか」すらよくわからなかった。記憶が曖昧《あいまい》でもしかしたら最終回だけ見そびれたのかもしれないし、あれを最終回だと思えなかった可能性もある。クラスメイトの誰かは見ているだろうと踏んで、掃除の時間に聞いてみたのに誰も知らず、「なにそれ」とだけ言われて恥ずかしかった。自分が変なことを言っている気がして、どんなアニメか説明するのがなんだかとても気持ち悪く、何故か突然アニメそのものに気まずいものを感じて、その話をすることはその後一切、なくなっていた。

大人になってから「:序」の上映を記念して、深夜にエヴァが再放送されると知った。有名なアレか、見たことないし見てみよう、と録画したものを再生してみたら、それはまさに私が一人きりで見ていたあの夕方アニメだった。主題歌は知っていたし、キャラクターもなんとなく聞いたことはあったけれど、でも、作品そのものを見て、はじめて自分が見ていたあのアニメだったんだと気づいた。

話の内容を追うことも、キャラクターの気持ちを考えることも、誰が好きで誰が嫌いだとか判断することもいまならできるが、それをどうしてもしたくない部分もあって、それは私があのとき小学校で味わった、あの居心地の悪さこそが作品の本質だと感じているからだろう。テレビが奇妙な窓として、知らないものを見せてくることはそれまでだってたくさんあったが、それらは「大人のためのもの」を子供が見てしまう感覚で、エヴァとはまた違っていた。エヴァは、見たことのない友達には詳しくは話してはならないもので、大人にも教えてはいけないもので、もしかしたら自分にしか見えない幻かもしれないもの。自分がその窓を知っていることを、幻視していることを、誰にも知られてはならないと思った。

大人たちが自分に対して期待するものに、応えられなかったときの気まずさとはまた違った。私は自分自身に対してそのとき気まずさを感じた、「みんなが好き」と「私が好き」は全く違って一致しない、ということを察した、あのアニメを見ていたし最終回だって気になったけど、でもそれを他人に知られたくない、と思ったのだ。

「あれって終わりどうなったの?」と尋ねた私は今でもまだ答えを得ていない。あれって終わりどうなったの?　ってあそこで聞いて、答えてくれた子がいたらもっと仲良くなれただろうか、むしろ、できるだけ遠く離れて、もう話したりするのをやめてしまっていたかもしれない。あのとき友達が誰もエヴァを知らなくてよかったと思う。それから大人になるまでずっと忘れ去っていて本当に、よかったって思っている。

資生堂パーラーでオムライス愛

「お化粧も詩である、ファッションも詩であるという立場に僕は立ちたいんです。資生堂の仕事というのは、日常にあって日常を超えること。現実を童話の世界に変えること。一種の魔法。だから、詩と同じなんです」

私は4年前に出した詩集で、資生堂が主催していた現代詩花椿賞を受賞したのだけれど、私にとってこの賞は特別であったので嬉しかった。冒頭の言葉は花椿賞が創設されるにあたっての詩人・宗左《そうさ》近《こん》さんの言葉だ。美しさというのは、なくても、生きていける。それがないと死ぬだなんてことは決してないけれど、しかし人はそれを手放すことができないでいる。実用的でないもの、娯楽とは呼べないもの、そういうものがどうして必要なのか。そんなことは簡単で、私たちはただ楽をしたいわけでも、ただ暇なわけでもなくて、怒りや悲しみや喜びや空しさや苛立ちや優しさの渦《うず》の中に立って「私」をやっているからだ。要するに人間だから、美しさが欲しい。意味がなくても、効果がなくても、美しさが必要なんだ。

それは、魔法なのかもしれない。現実を生きているが、現実だけでは生きていけないのが人間だから。卵でごはんをくるんだのがオムライスだ。でも、どうせなら完璧なオムライスを、理想的なオムライスを、食べたいじゃないか。そう思うのが、人間じゃないのか？

資生堂パーラーのオムライスは、写真だとあまりにも非現実的に見えて、ちょっと信じられなかったのだけれど、目の前に現れたそれは、写真よりさらに非現実的な姿をしていた。３次元なのだけれど2次元に見える。一人だけアニメーションみたいな姿をしているそのオムライスは、けれど、スプーンを当てると削れ、断面が見える。「ひっ、現実だ！」と私は心の中で叫んでしまう。ケチャップライス。卵。なのに、口に運ぶと、それがただのオムライスであるわけもなく、「オムライス」を研ぎ澄まして出来上がった「別の何か」に感じられる。いや、もしかしたら私の知っているオムライスが、オムライス度13ぐらいの別物で、これこそがオムライス度１００のオムライスかもしれないよなあ。人は完璧なものを前にすると戸惑ってしまうのだろうか。ここまでしなくてよかったのに、と急に慌て始めてしまうものなのだろうか。私は、スプーンが止められなくなる。このオムライスを忘れられなくなるだろう、と食べながら確信する。そして、ついに、「オムライスをここまでにする必要ってあんのかな？」という気持ちにもなってくる。でも、ここまでおいしいものなんて、人間に必要ないでしょう？　とか聞かれたら多くの人は「あるに決まってんだろ」って即答するだろう、それと同じだ。オムライスの美しさ、いるに決まってんだろ。こういうオムライスがこの世に存在しているというそのことに、大きな意味があるのだ。もちろん、オムライスが完璧でなくても、生きていけるんだ。けれどそういうことと関係ないところで愛せる食べ物があるっていう、そのことを、私は、幸せだと思っている。

詩を書くことで生活をしている。私は、同時に、詩がなんの役にも立たないということをよく知っている。生きる上で必要ないでしょう、と言われたら、そりゃもちろんと頷くだろう。わかりやすさもかけらもない。何かに白黒つけることもできないし、詩に意味や効果はまったくないと言い切れる。私は、だからこそ詩が、人の心に肉薄できると信じている。私たちは自分のことをすべてわかっているわけではない、説明なんてうまくできないし、白黒もつけられない。すべてが、詩と同じで、だからこそ詩はそこまで届いていくことがあるんじゃないのか。それを「お化粧と同じだ」と言われたことが私はとても嬉しかった。美しさというものが、きっとそうなのだろうと思えた。オムライスを食べたとき、私はそうした喜びに触れることができていたんだ。どうして、お化粧をするのか。どうして完璧なオムライスを食べたいのか。どうして詩なんてものがこの世にあるのか。単純な理由などないけれど、でもだからこそ、人間はそれらと離れがたいのだとわかります。私はそういう人間もまた、「美しい」と思うのです。

言葉は悪人になったほうが書きやすい

言葉は悪人になったほうが書きやすいと思う。炎上だなんてものがあるけれど、それは書き終わったあとの話で、書くときの居心地の良さは善人として言葉を紡《つむ》ぐときよりずっといい。もちろん私が私として語るのが一番よくて、悪人にも善人にもなりたくはないけれど、文脈によってはそのどちらかを選択せざるをえなくなるときがある。人に何かを説得するときの文章なんてまさにそうだ。あなたが正しい、と言われたいがために、言葉で私を善人に見せかける。ああさみしいな、つらいな、こういうときこそ、言葉は凶器だと思う。私は私を殺して「善人さん」を作っているだけだ。私を、守ろうとするときに、書く言葉こそ凶器だと思う。私は私のことがどうだっていいときじゃないと、きっと自分で好きになれる言葉は書けないんだろう。どうして、言葉で交渉しなくちゃいけないのか、相手の非を追及しなくちゃいけないのか。たぶん、書くことを仕事にしているからなんだけれど、強度を強度として使おうとしたとき、私は一気に言葉を書くことが嫌いになる。

それでも言わなきゃいけないことがあるときもあり、むしろほとんどのひとが、この苦痛を感じていて、それでも善人になる必要があるというその悲しみに沈んでいる（はずだ）。善人としてふるまう人の姿はいつだって痛ましい。私にはそう見えてしまう。それほどに他者に傷つけられたということだ、そう、善人として書かれた言葉を読んでいるといたたまれなくなる。この人だって、本当はもっと利己的なことを言ったりわめいたりしたかったんじゃないかと考えて、そんな自然なふるまいすらできないほどその人が追い詰められていることを悲しく思う。(実際はわかりません。みんな、私よりずっと心がきれいなだけかもしれない。)

　本当ならきれいなこと、正しいことも欲望として語ることができたはずだ。こどものころはそうだった。それがいちばん気持ちいいから、大切にしたい、というそれだけだった。でも今はもっと、利己的な部分があって、正しさやきれいなことだけで自分が満たされるとは思っていない。要するにあんまり善人じゃないんだよなあ、これは私だけかもしれないけど。だからこそ、冷静に語れだとか、論理的に話せだとか、そういうことを強《し》いられるともうほんと勘弁してほしいと思う。だれかを説得するために、正義を手に入れるために、言葉を使うのが苦痛でしかない。善人として言葉を選ぶたび、私から言葉が剝がれて、ただの理屈の装置となるのがわかる。私はその理屈100%で生きてないのにな、と痛くなる。たしかに強力だけれど、それは私を守ってはくれるけれど、私は、善人になることで、私そのものを殺してしまっている、そんなことも同時に思う。

永遠育ちの石

2秒しか生きられない生き物がいたら川が流れているということを認識することはきっとできなくて、同じように人は時が流れているということを本当の意味では認識することがきっとできなくて、もっと長い時の中で存在する石は、どんなふうに時を見ているのかとかたまに考える。そんな石の話は昔、「FUDGE」に書いたな。

誰かにとって美しく見えるものを作りたいと思うことはそんなになくて、「誰かにとって」ではなくて、もっと時間だとかを超越したところにある「自分ではない存在」が見つめている美しさのことを目指している気がする。おひさまの光とか。でもそれが色んな人にとって「きれい」なのも知ってる。

きれいは人のためにあるものではないのに、人はそれを察知できるので、それは慈《いつく》しむべきことだと私は思う。きれいはひとのためにあるものではないのに、何かがみんなには見えていて、数少ない生命の共通項かもしれない。

遠くて他人のスーパーヒーロー

私たちの代弁者だとかそんなふうに見たことはない。スーパースターとしてそこにいる人は、いつだってその人はその人だけのものだと、存在で証明してくれるような気がした。むしろそれを誰よりも強く持っている人が私にとっての「ヒーロー」なのだと思っていた。その人が言うことに従いたいとも思わなかったし、その人が好きなものを真似《まね》したいとも思わなかった。その人がどんな人かなんてどうだってよくて、ただステージに立つ彼女の歌が素晴らしくてそれだけでいいと思えること。それだけで自分の中で「特別だ」と確信できること。人のことを好きになるってそういうことなのだと知った。だから、ヒーローだと思う。子供のころそんなふうに人を好きになれたことは、私にとって財産だった。

小学生のころ、テレビの中でしか見たことがない歌手のことが大好きで、世界も彼女のことが大好きで、大スターで、だからいろんな人が彼女についていろんなことを言っていて、けれど私は語られる彼女の背景や考え方に全く興味が持てなくて、ただ彼女がステージに立って歌い出した瞬間から、歌い終わる瞬間までが特別に好きだった。歌詞に書かれていることが理解できる年齢ではなかったたし、年上の彼女の発言もよくわかってなかったと思う。それでも好きだったし、それでよかった。まったく知らない人でも、関わることのない他人でも、自分の中で特別になることがあるんだと知った。それは彼女が大好きでありながら、彼女が単なる一個人であることを忘れずに済むことでもあった。彼女だってただの一人の人間で、自分にわかりっこないことをたくさん考えている。でも好きだ。でも好きだと思える。この世界にたくさんの人がいること、いろんな人がいることを、（怖いとも思うけど）素敵なことだと思ったのは彼女がきっかけだった。

たまに、そのころのことを思い出します。一人の作る作品をみて好きだと思うとき、その人自身のことまで隅々まで知って好きにならなければいけないような気がするたび、そんなことよりもっと、一瞬で世界全てが明るく見えるみたいな「好き」があることを思い出します。ヒーローは遠い存在で、代弁者でも、私たちのために生きる革命家でもないし、その人だってたった一人で広い世界の中に立っている小さな存在で、そんな人のことを、そんな人のままで私は特別だと思っていた。とてつもなく大きな存在だと思えていた。そう思えたことが、私が、私という小さな存在として生きる上での希望にもなっていた。誰だって「たった一人」で世界の中で生きている。それを証明してくれる人が私にとってのヒーローです。

さみしさの稲穂

この時期は暑さはましになったというのに、あるきまわるとどぼどぼ汗が出てきて、冷たい缶コーヒーにでもなったような気がする。食べ物の話をいくらでもしたい日と、ほんとうにそういうのはどうでもいいです、という気持ちになる時があって、今日は後者。食事への欲求がほとんどゼロになっている。

人間が食べることに完全に興味を失うっていうことがこれから先は起こり得るんだろうか。私たちは基本的に高カロリーなものをおいしいと思うし、それは要するにオールタイム飢餓状態だった原始時代とかの名残《なごり》だと思うんだけれど、しかし今は高カロリーの方が体に悪い。状況が欲望と矛盾し始めていて、だからこそそれに順応して未来人は低カロリーを愛するように、つまりハンバーガーもラーメンも焼肉もケーキもパフェもまずいと思うのかもしれないな。もしくはただ高カロリーへの偏愛で短命になっていくんだろうか。こんなに肥満が問題になっているのにやっぱり高カロリーをおいしいと思ってしまう現代。昔に備わった欲求だけは永遠に、その種族とともにありつづけるのかもしれない。そしてだとしたら豊かになればなるほど、欲望に殺されていくのかな。なんだろうなこの話。そっちのほうが気になるなあ。

とにかくひとりぼっちだった、友人だとか大人だとかいう他者が周りにいて、それによって感じるひとりぼっちではなくて、本当の意味で、宇宙に放り出された有機体のようにひとりぼっちだったのだ、という話は、谷川俊太郎《たにかわしゅんたろう》さんの「二十億光年の孤独」やその同時期の作品について、谷川さんと山田馨《やまだかおる》さんが共著『ぼくはこうやって詩を書いてきた』で語っていたことで、読んでいて「セカイ系とよばれる孤独と、それはよく似ているな」なんてことを思った。というか「セカイ系」なんてことばは後からやってきただけで、私たちは具体的な人間関係で自分を捉えるよりも先に、もっと曖昧《あいまい》な「他」というもの「宇宙」というものに対して孤独や焦《あせ》りを感じてきた。小さなころ目を閉じて、世界中が急速に変化して通り過ぎるのを想像すると必ずぞっとして、それがなぜか「怖いもの見たさ」みたいになり癖になったのを思い出す。自分が自分から引き剝がされて、まったくどこにもいないような気がする。それは私には孤独というより、「解放」ってかんじだったのだけれど。で、たぶんそう思えたのは私がひどく幼かったからだろう。

4歳ぐらい。たぶん、自意識もはっきりしない。自分を愛するのはまだ先だった。世界の方が自分よりずっと具体的で、自我はドーナツの穴みたいなものだった。そのことにまだ不満がなかった。でも年がたてば次第に自己愛がそだって、世界との対立構造が生まれ、世界に対する孤独というのが生じるし、そこから世界の具体的な要素（クラスメイトや先生）が自分と関わりを持ち、もっと具体的な孤独へと発展していく。冒頭部とのつじつまあわせではないけれど原始時代の話を持ち出してみれば、きっと当時は当時で大地や海や風が自分たちを無視して蠢《うごめ》いていることへの「孤独」があっただろうなと想像ができる。自分を起点にして物事が動いていてほしい、という欲望はずっと昔からあったたってことだろうか。でもそれは、自分の肉体が世界の観測者として存在する限りは逃れられないよね。自分の目の高さでしか、世界を見ることはできないし。そして、たぶん「さみしさ」という感情は生まれたその瞬間から、体のどこかにそっと紛れ込んでいるのだろうと思う。何かが起きて新たに生じるのではなくて、ただずっとそこにはあるんだと思う。わけもなくさみしい、という感覚が、わがままだとはどうしても思えず、弱さだとも思えず、さみしいと思ったとき、それはただ、体のどこかに最初から群生していた稲穂みたいなさみしさが、ちょっとしたことで、そよかぜで、揺れてしまったというだけなんじゃないかなあ。ぼんやり。

ご挨拶2017

初詣《はつもうで》というものは、無事に一年を終えたお礼を伝えに行くものだというふうに小さなころ教えられて、そのせいかお願いごとをするようになっても、「がんばりますので、努力が報《むく》われますように」というのが定番と化していた。無邪気な願いというものを（「努力が報われますように」だって十分無邪気だと今は思うんですけれど）する勇気がなかった私は、いつも「がんばりますので！」と何度もあたまのなかで繰り返す。でも、最近はそれすらも、ちょっと躊《ちゅう》躇《ちょ》するようになっていた。

と、いうより。一年を終えたお礼を言いに行く、ということが、いつのまにかとても大事なことになっている。昔はそう決まっているから、そうしている、というだけの「ありがとうございます」が、今はいやでも実感がこもる。生きてきた時間という長いしっぽを手に入れて、それをひきずり、動きが鈍《にぶ》く、つまんなくなったようだと苦笑する。年は、たしかに「越す」ものだ。ただ流れていけばたどり着くようなものではなくて、来年というのは、何らかの障害を乗り越えていかなければ見えないもの。無事に、越すことができました。そうした実感が、年をへるごとに増えてきている。

「病《やまい》とは治らないもの」「完治は当然のことではない」と思うようになったのはいつだったかな。考えてみれば最近まで、病とは治るものだと、どこかあたりまえに思っていた。私は健康に恵まれていて、虫歯だってなかったので、ようするに「治らないからどうしよう」という問題に向き合ったことがない。でも、それでも周囲に知り合いは増えるし、知り合いの数だけ経験はあるわけで、病というものについて、ここ十数年で私は、何も知らなかったと何度も何度も気づかされた。風邪をひくと幼いころは「かわいそうに」と言われていたし、「大丈夫？」と気遣われていたし、だから風邪を大層な病だと信じていたし、風邪をひくたびどこかで気遣われることを期待していた。でも、10代後半になって「うつさないでね」と言われることが何度かあり、ああ、そうか、風邪は迷惑なのか、と知った。当然だろう、ウイルスをばらまく行為じゃないか、という人は多いだろうけれど、でも私はその常識を子供のころは知らなかった。みんなが、私を心配してくれたし、「うつさないで」なんて直接言われることはなかった。（もちろんマナーとしてマスクをつけるように、人ごみにはいかないように、ということは教育されたけれど。）かわいそうな私に、そんな現実的なことを言う人がいるとは、とはじめて言われたときは驚いたんですよ、みっともないかもしれないけれど。病とは迷惑なものだったのか。それぐらい、重いものなのか。風邪が重症化したことのない私は、風邪を軽んじていたし、だからこそ心配されることのほうが強く印象に残っていた。で、風邪こそが私にとっては病の代表で、病を、軽い存在として見てしまっていたのだろう。

童話だとかで寝たきりの女の子、みたいなのが登場すると、それはとてもかわいそう、と思うのだけれど、でもどこかで「かわいそうと思うべき存在」というアイコンとしてしか私の中に存在はしていなくて、そうした実感がなかなか育つことはなかった。むしろ、アイコンとして死や病が扱われていることは世の中でとても多く、そうしたものに触れることで、実感がさらに遠のいてもいった。アイコンではなく実感として知ることは本当に難しい。友達も先生も、みんなみんな健康だ。というか、病をはっきり告白してくる人がいなかっただけかもしれない。とにかく私は病を見つけることができなかった、それが常識だとも思っていた。死や病が現実にはなく、非現実にだけある、というのは大きく、命とはつながっていくもので、途切れる方が異常なのだとどこかで信じてしまっていたんだよなあ。死は、とても近くにあるのに。

いまのは、生きていくといろんなことを知るという当たり前の話です。逆らって泳いできた川の水がどんどん、重たくなって、なかなか前に進めなくなってきた。病は思ったよりも多くのものが完治できずにいるし、お金とはどうしたって足りなくなる、そして人には裏切られたり、音信不通になる友人だって当たり前のようにいる。生活がつづいていくという普通のことがまったく普通でないと気づくたびに、まだ、私の中で普通だと思える部分、そこがとにかく損なわれませんようにという、そんな願いに傾いていった。それでも、どうしてか、普通じゃないことを願いたい日がある。普通が特別だとわかってからも、願いはときに日常から逸脱する。それは、間違っているんだろうか。むしろ、とても自然なあり方に思えた。最近そのことをよく考える。

年をとっていくことで、大望をいだかなくなる、なんていうのは嘘だと思う。年をとってみつけた夢は、若い頃に語っている夢より、ずっとスムーズに「目標」という形に姿を変えていけるから、むしろ昔の夢よりずっと、大きいのではとも思う。覚悟も力も、すでに体の中に溜まっていたかのようだ。夢のくせに儚《はかな》くない。周りから見ると「無茶だ」としか言えないような夢でも、それをつかむための道を、当人はきちんと見つめている。環境や、きっかけや、努力といったものを、すべて自分で揃えなくちゃいけない、人生を変えるGOサインだって自分で出さなくてはいけない。自分が生きているっていうこと、普通であり続けるっていうことが奇跡なのだと知っているからこそ、その作業はしんどいし、しんどいからこそ机上の空論にはならないんじゃないか。夢が叶うかは別にして。

当たり前のように見える現実が、幸運によって作られていると知ったのは、生活というものが体の中に積み重なって、「私は生きている」とつねに意識ができるようになったからなのかもしれないな。川の水が重くなり、前に進むのすら困難になってきたとき、同時に、自分は今進もうとしている、ということを強く実感もしている。昔は、なんでもない日常は忘れてしまってもいい日常だった。なにかになりたい、と夢見ても、それはフィクションの中にいる自分に、どんな役柄を与えるか、ぐらいの発想だった。どこか、自分は無敵で、妖精で、ファンタジーで、無限なんじゃないかと思っていた。けれど、大人になった今、体のずっと底に「生きてきた、生きている」という実感が横たわっている。生きること自体が困難で、感触のあるものだと知った。自分の人生の輪郭を知ってしまった。そんな中で見る夢は、子供のころとは大きく違う。

初詣の願い事はだんだん、「生きる」ことそのものに近づいて、とにもかくにも「家内安全」みたいなことを言う知人も増えてきた。私も昔から、家族の健康がだいじなことだったけれど、そこに強い実感というか、「ほんとたのむで」っていう念がこめられるようになり、はああ、私も「死はやばい」って思っているのだなあ、と気づく。死ははてしなく悲しく、こわく、そしてつらく、それでも自分の人生の果てにあるものなのだと、どうやらちゃんと認めているらしい。そして、だからこそ、「がんばりますから、報われますように」という自分の願いが、重たい。その先に期待している「報い」がファンタジーではなくリアルだからこそ、質量があるとわかる。大きいし、しかも重い。なにより、「生きる」ということ、人生まるごとと繋がって、「がんばる」という言葉自体にも重さが生じ始めていた。

実現する可能性は著《いちじる》しく低いというのは当然ではあるけれど、でも、生きてくると「奇跡」や「夢」は徐々に、非現実的なものではなくなっていくんだなあ。

人生とは、もしかしたら進めば進むほど、まぶしくて、うつくしいものなのかもしれません。

おくればせながら、あけましておめでとうございます。

私未満をやめたくて

　いつも自分が好きだと思う服や化粧品を買ってしまう人間だった。流行《はや》っているとか美人に見えるとか、なるほどなぁと思いながらどうしても興味が持てない。20代のころはそれは世間的な「きれい」に喧嘩を売ることで、私は別にきれいになりたい訳じゃないんだよ！　という意思表明なのだと思っていた。好きに生きたいからこそ、「きれいになりたい」は自分には無縁の感覚だと思っていた。

　でも30代になって、ふと、好きな服や化粧品を身につける「私」の姿形をもしかして私ってよく知らないのでは？　と思うことが増えたのです。外で窓ガラスに映った自分と、頭の中にいる自分はどうしても少し違う。姿勢だとか表情だとか。昔はガラスに映った自分のことなんて、出来る限り見ないようにしていたが、そういう自意識が抜けてきて、むしろ私は自分の想像と現実のずれにゲームに負けたような悔しさと面白みを感じていた。私は私の好きなものをこんなにも大事にして、それを優先しているのに私そのものが「私」を全うしていないなんて惜しすぎないだろうか？　別に、目がもっと大きくあってほしいとかそんな理想の話ではなくて、筋肉や姿勢への意識の問題だと思うのです。私は、自分が結構簡単に「私」未満になってしまうことに、そこで気づいた。きれいになりたいか云々《うんぬん》というより、私は「私」にならなくてはいけない、自分が好きなもので自分を飾るなら余計にそうだ、それに、もしかしたら私なりの「きれいになる」ってこれなのかもしれないとそのときに思ったのです。

歳を取ることはシワが増えたり顔色が変わることだと昔は思っていた。けれど歳を取れば取るほど、鏡やガラスを見た回数は当たり前だけど増えていくわけで、もちろん年月による変化はあるけれどそれ以上に「私」未満から「私」そのものに近づくためのヒントを私は手に入れていくのかもと今は思います。私は、10年後に自分がどれくらい「私」に近づいているのか早く知りたいなと思う。好きな服や化粧品をそのときも選んでいてほしい、もっと服や化粧が好きになっていたら最高だから、10年後の私にも、そのときの私を直視していてほしいです。

VS「今読むべき本」

10代の人たちが今読むべき本について、書いてほしいという依頼をいただいて、まず思ったのは、他人から「今読むべき本」と紹介される本が、彼らの血肉になることなどない、ということだった。少なくとも私はあの頃そう思っていた。そして同時に、私が愛する本は、言葉は、いつも「私にしかわからない」ものにしか見えなかった。

たとえそれが有名な作品であろうとも、この本当のすばらしさはきっと私しか知らず、他人に教えるつもりもない、「あなた方にはわからないだろう」と決めつけることが、空っぽにしか見えない自分の境界線を、唯一守ってくれていた。勘違いであるとか妄想であるとか、そんなことは何の意味もなさない指摘で、そう思い込めるというそのことが、私が私だけの感性を磨くために必要だったのだ。

同級生と盛り上がるため、みんなが好きな曲ばかり聴いて、その場に必要なリアクションを取ることに必死になった。思ったことや言いたいことより、場が求めているものを発する存在になっていく。それが楽しい日だってあるからこそ、抜け出せなくていつのまにか、誰にも伝わりそうにないこと、誰も共感してくれなさそうなことを考えること自体、避けてしまう。でも本当は、隣にいる同級生は、ただの他人だ、わかりっこなくて当然なんだ。「みんなが好きなもの」はみんなで決めればいい。でも、私は「私の好きなもの」を私の部屋で、図書館で、レコード店でこっそり決めるからよろしくね。そういうことが「空気読めない」「ダサい」ことじゃないってわかったのは、この強烈な詩集を読んでから。

田村隆一《たむらりゅういち》『腐敗性物質』。収録作「腐刻画」を前にした時、私の持つ関係性、携帯電話、出席番号、志望校、部活動、そんな要素が全て吹っ飛び、ただ産毛のような感性が、荒地《あれち》に残ったたんぽぽのように残されていた。理屈などもう持つことができない、ただ強烈に「かっこいい」と思った。誰でもない、十数年を生きた私の肉体が、感性が、生身でそう叫んだのだ。

私はその日まで、心というものに懐疑的だった。そんな物が本当にあるのか、いやあるにはあるのだろうけど、その生々しさを実感するなんて難しい。けれどこんなに易々《やすやす》と、肉体に染み付いた感性が、心臓が蠢《うごめ》くみたいにはっきりと反応するのを感じるなんて。私はその日、自分は誰にもわからない人間なのだということを知りました。そしてその確信こそが、多くの人に出会うこの人生において、最も重要であると今は思います。

吉増剛造《よしますごうぞう》『黄金詩篇』もまた同時に手にした一冊です。「燃える」という詩に触れた時、私は、解き放たれた感性こそが、理想や思考や欲望や孤独を貫く高速の乗り物であると理解しました。一方、安川奈緒《やすかわなお》『MELOPHOBIA』は、私と同世代の詩人による詩集です。これまでの二冊が、過去という遠い星からやってきた光であるとするなら、この詩集は、自分が暮らす星もまた、燃え盛る星であると知らせるものです。もしもこの本を10代に紹介するなら、私はこう言います。「あなたに殺意はあるか、あるならば、安川奈緒を読むべきだ。」

そして町田《まちだ》康《こう》『湖畔の愛』。物語に惹《ひ》きこまれると同時、背後にある、言葉そのものの波に自分の心がどれほどかき乱されているのかわからなくなる。自分が生きる世界すら、言葉で全て構築されているのではないかと錯覚してしまう、快感。ここに、10代の頃に至りたかった。

それにしても、自分が過去、10代であったことに胡座《あぐら》をかいて、この年齢の人たちに何かを教えられる気になるなんて、当時の自分ならきっと鼻で笑うだろう。私はあの頃の自分の考えなど、今は何一つわからない。いや、わからないと思うことでしか、当時の、嘘全てを貫くようなまなざしを僅《わず》かに残すことさえできない。あなたが、ここに紹介した本を一冊も受け入れられないとしても、それは、自然なことです。あなたはあなたの一冊を、これから巨大な世界の書棚から見つけてください。

普遍より最高でいて

いつの時代も変わらず良いものが「名品」なのかなと思いながら、時代は変わるし私の好みも変わるし、普遍的などんなものでも合わせられる服が好きだったことなどそういえば一度もなくて、仕立てが綺麗なシャツだとかを親から譲ってもらっても結局着ないで、その瞬間に最大風速で大好きだった妙に凝った服ばかり着てしまう。普遍的とはいうけど、時代には一瞬たりとも「普遍的」なことなどなくて、常に流行があり人それぞれの好みがあり、私にだって変化が起きている。変わっていく私を全て受け止められる普遍性など欲しくはなくて、できることならずっと併走してほしいのだ。私は変わるが、変わっていく私の中で常に最高であってほしい。製品として見た目が固定され、時間が変わっても姿を変えることができない衣類にそんなことを望むのは酷《こく》だけれど、でもそういうものしか私は「名品」とは思えない気がした。私が変わるたびに改めて「好き」と思える服がいいよ。

別に私はどんどん変わりたいわけではないし、ずっと同じものが好きならそれは何より幸福なことだと思う。思うけど、なかなかそうならない。自分がその服に出会った時の新鮮な喜びは、何度も着れば慣れてしまうし、初対面のときが大抵はピークだ。どんどん愛着が湧きますと服について話す人に憧れながらも、私は服にあんまり「慣れ」とか「愛着」とか求めていなくて、見たこともない可愛さやかっこよさや綺麗さを爆弾のように生活にぶちこんでほしいと思っている。生活と私に鮮度をくれるから服は面白い。自分の一部のようにそこにあるのに、自分が好きに選択できる。自分らしさとかどうでもよくて、むしろ自分らしさとか、そういう「自分に対する慣れ」に本当にそれでいいのか!? と問いかけてくれるのが美しい服やかっこいい服。私は、自分が見たことのない自分になれる服が好きだ。私らしさを表現するために服を選ぶのは好きじゃない。私は鏡の中の「私」に慣れたくなくて、だから心から好きだ！ と新鮮に思える服を買っている。そして本当はその鮮度がずっと続いてほしいと願っているんだ。

MM6の真っ赤なワンピースを数年前に買った。腰より下が革でできていて、特殊な加工で細かなプリーツになっている。このワンピースを見たのはインスタで、あんまりに可愛いからその日のうちにお店に行ったような気がします。購入時に特殊加工なんで洗濯するたびにプリーツが取れていくかもしれません（勘弁してほしい）と説明され、私はむしろ逆にその瞬間、30年後もこのワンピースを着ている自分を想像してしまった。プリーツが取れたら嫌だなあ、だって多分この服は30年後も着てるしなぁと思いながら承諾し、頭の中で、今年や来年あたりに好きなだけ着てプリーツのプリーツ力を使い果たしてしまうか、今は回数を減らしてこのプリーツ力をもたせるか考えた途端、後者を自然と選ぼうとする自分に驚いた。自分の好みなんてどんどん変わるのは承知していたはずなのに、そのワンピースはむしろ、10年後や20年後の自分がどう着ているのかに興味が湧いていた。そんなことを想像したのは明らかにレジでの注意事項がきっかけなのだが、買った瞬間に未来を考えたからこそ、私にとってそのワンピースは長い時間を「最高」でいてくれる予感のする一着となったのです。

あれから毎年数回だけそのワンピースは着ていて、いまのところプリーツは無事です。できることなら私が死ぬまではプリーツも頑張ってほしい！　と願いながら、名品予備軍のその服と今年も秋まで併走しています。

マイ・スイート・派手

私は感情の起伏が激しくてなんでも気持ちが強まりやすく深まりやすいのだけど、最近これは「心が派手」ということなんだなと思うようになった。ド派手なハート。心が派手なので詩人をやっている。思い詰める、とか、思い込みが激しいとか、よくある言葉をこれまでは使っていたけれど、詰めてるつもりも込めてるつもりもなくて、私の心の中はいつももっと花火大会なのだ。好きも嫌いもはっきりあって、嬉しいも悲しいも大きくあって、私の人生が、私の感情によって彩《いろど》られていると思う。私は静かに淡々とすべてを乗り越えていけるようなそんな人にはなれなかったし、そういう人に心底憧れているけれど、同時に自分の心の、この、「派手」としか言えない扱いづらさが大好きだった。込めたり詰めたりしてないで花火なのも大好きだった。それは恵まれているからかもしれない、それなりに平穏に生きていられるから、花火が明るい気持ちもたくさん打ち上げていて、派手さに苦しんでばかりの24時じゃないからかもしれないけど。そしてだからこそ、悩んで頭がぐるぐるすることさえ好きなのだ。私はなんでこんなに一つのことに集中して、いちいち考え込んで苦しむんだろう、とは思うが、もっと悩まない人間になりたい、と願ったことがそういえばない。悩み切った果てで急にケロッとしてしまうところがあるからかもしれないな。私は悩み過ぎて一気に発火する自分も好き。突破するように言葉を書く自分も好き。全てが発熱していて、今にも光の速度に突入しそうな感情が大好き。どんなにつらくても、自分の考え過ぎなところに苦しんでも、私は前向きになりたいわけでも明るい人になりたいわけでもなく（というか私は明るいつもりだ！）、自分の性格は今のままでＯＫで、暗くなるような要因が起きなければいいのに……としか思わない。派手なおかげなんだと思います。思い切り自分の気持ちに「たまや〜！」と言えるから、悲しみや怒りそのものにはゲンナリしても、私は私を嫌いにはそんなにならない。

　人間生活を堪能している。

　自分がなんにもうまくやれないことに反省することも多いけれど（人生は感情を味わうためだけにあるわけでないので、花火なんて打ち上げてる場合ではないことの方が多いから）、自分のことをいちいち「どうして」と思うことは減った。私は私をやってなかなか長いし、いい加減もう「どうして」と思ってもいられないというか「またか〜」と思うことの方が多い。私はそういうシステムエラーが出る人間なのだとちゃんとわかってきている。そう、理解してしまえば、私は私を愛せるのだ。

派手！　と言えてから、だいぶ私を素直に好きになれたよ。

自分を愛せないのは、自分を見る時間が人は一番少ないからかもしれないな。鏡を見る時間しか顔を見る時間がないくらい、人は自分の内面のこともちゃんと、「理解」という視点で見る機会を持てないのだろう。私はずっと自分のこのすぐ怒ったり喜んだり悲しんだり悩んだり楽しんだり全部極端なところが怖かったのだが、あっという間に終わる花火だとわかってからは面白い人間だなと自分に思うようになってしまった。他人には迷惑かけてしまうことは（できるだけ抑えてるけど）きっとあるだろうし、反省はいるんだけど。でも、それでも私は派手さを恥じなくていいとは思うようになった。気遣いは他で必要だが。

わかる、なんて簡単には言えないのが人間だけれど、わからないと見捨ててしまわないで、「わかったかも」と一旦思ってみて見つめてみるのはたぶん愛の第一歩で、やってしまった時に「またやってる」と言えるだけで愛になったりする。心が派手。そう思えただけで、私の人生はだいぶ変わった。私は私であることに躊躇《ちゅうちょ》がなくていいな。あとは、もっと優しくなれたらいいね。

ブルベの恋♡イエベの愛♡

「人は他人の愛に感動するのではなく、愛を断言する人間に感動するのかもね。感動がなんなのかはよく知らないけど。」

と、ツイッターに書いた日、まるでこれは詩人の話のようだと思った。でも愛でないものを愛と断言することも詩人であるか。何が愛かなんて一切断言できるわけのないことを、断言するかのように書いている。月はあなたが掲げた鏡、と書けるのと、それは全く同じことだ。信じていたら書ける、信じていないなら書けない。それを重ねていくと言葉がいつの間にか「信じている」の結晶になり、人は多分、その透明さを見たがっている。

「詩人」なんて種類の人はいないとは思うけれど、でもこの結晶を作り上げていくことが詩人であり続ける唯一の方法かなとも思う。そうではないと思うことは書かないに限る。そのときはよくても、その後が困るから。詩人とはただ言葉の中の「信じている」の純度を上げていく間だけかざされるステータスのこと。映画館の「上映中」のライトのように私に「詩人中」のライトが光る。

もう、愛という単語への抵抗のなさがすごいからすぐ書くけど、これ何万と書いてきたからかもしれない。何万も？　愛と書きすぎた人間が落ちる地獄あったらどうしよ、こわ。いや怖くはないな……。魂に火をつけると愛になるんだぜ♡　何が愛で何が愛でないかなんていうのは受け手との契約と交渉によって決めることであり、きみがそう信じて書くなら、夕焼けは金色の鱗《うろこ》となるし、雪は白鳥の空の足跡、ということになるが、愛は一人では決めきれないということが、とても面白いですね。同じ幻を同じ強度で見てくれる人などこの世にはいないのに、二人で同じ「愛」を見れるなんて、人はたまに思ってしまう。ただそれでも、その片割れがひたすらに自分の直感を信じて「愛だ」と述べるのは、無駄ではなく、人はそうやって他者のことを信じてみるのだ。信じ過ぎてみるのだ。伝わるんだと。そうやってしか人を想えないし、そうやってしか人は孤独でい続けられない。孤独のままで他者を愛するとは「伝える」という作業でしかやり遂げられない。最初から人はとてもさみしいけれど、さみしいということを発見するためには、他者を信じ抜く日が来ないといけないのかもしれない。

　そうして信じて、すれちがうの。美しいと思う。春夏秋冬すれちがい。季節のようなあっけない終わりがかならず来る。人と人。それでも、とまた巡るのが、好きだ。

「ブルベの恋　イエベの愛」とも、同じ時期の私のツイッターに書いてあって、もはや今はなんのことかわからないのにいいねがたくさんついてておもしろかった。わからない、とは言うけど、これを書いた時の私の「確信」だけは、はっきりと今も思い出せるし、だから私もいいねの気持ち。「確信」が伝わる、というのは大切だ、何を言っているのかがわかるとか賛同するとか共感するとかは人はそんな大切にしていないのでは？　いつも伝えようとしてる他人の中にある「確信」だけを人は見ている気がする。いや、そう思っているから私は詩人を仕事としてできているのだが。

人はみな頭がそれなりにいいので、いつも自分を洗脳して生きてる。自分の心がさまざまなことに気づき、新たな感情に出会い続けていると思い込んでいるが、それよりも先に何かを確信してしまったり、定義づけてしまったりで、そこに合わせて心が後からやってくることも多くあるのだろう。感性と呼ばれるものは、心とはまた別物で、もっと風に揺れる髪や、光があたって生まれる木陰のように、出来事に付随《ふずい》する感性の動き、直感が、人の中にはあって、詩の言葉はここを描いている。確信の伴う言葉というのもここに届くものであり、心がどう思っているかの話ではない。噴水を見ていてわけもなく涙が出たとき、それは深層心理が動いて、とか、悲しい過去を思い出して、とかではなくて、ただ感性がざわめいた、ということもあるだろう。その時、それでも人はそれを自分の心だと受け止める。そんなことの繰り返しだ。愛も悲しみも孤独もそういうものと複雑に絡み合い、心から、多くの真実をはみ出させて、存在している。

心はそれぞれ独立し、離れ離れで全く似たところも持たずきっとバラバラでだから人と人がわかり合えることは少なくて、それでも手を繋げるのはこういうところがあるからではと私は思っている。（そしてその手を繋いだ人と、気まぐれに離れ、もう永遠に会わなくても、いいのだ。愛や友情という言葉が人を縛ることはない。）

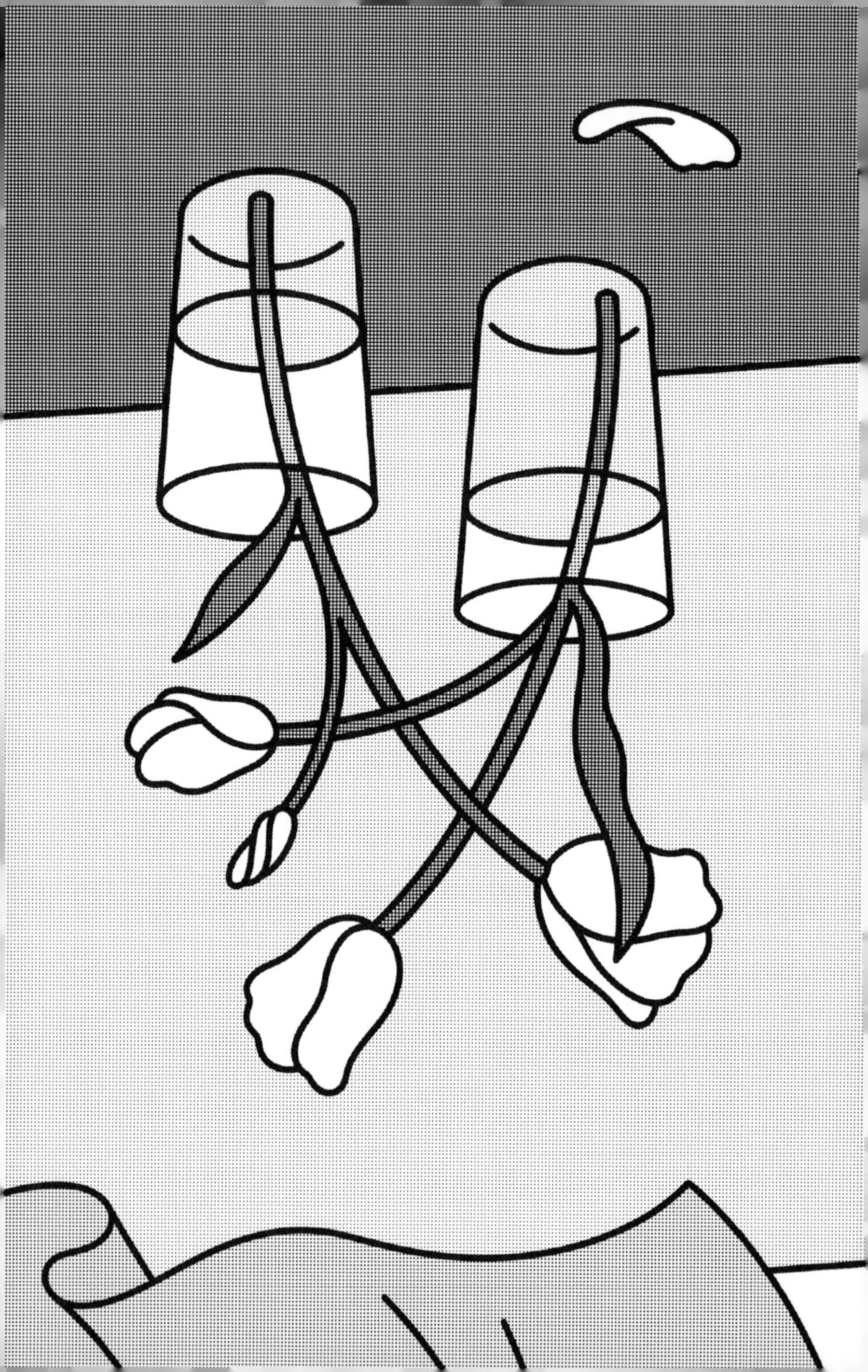

愛は全部

いや、今日は「気持ち悪くない愛なんてあるのか」という話をここに書きに来たんだった。ファンとしての愛とか、片想いとかもだけど、一方通行的に愛情を寄せる人は気持ち悪いんじゃないかという話を見かけて、気持ち悪いのは愛そのものであって、気持ち悪くない愛なんて本当はないと思ったから。その気持ち悪いものをいかに相手にそのまま差し出さずにいられるか、愛があるからこその優しくありたい、ささやかにでも照らす光でありたいと思う、その感情だけをいかに差し出すか、相手に愛の全てを受け入れてほしいと願ってしまうことなくいられるか。みたいなことかな〜というメモをしに来たんだよ。

愛は全部キモい。

(私が子供の頃野原で話した妖精に教えてもらったとても大切な真実)

愛は気持ち悪くていいと思うよ、気持ち悪いからこその愛だよ、でもその気持ち悪ささえも丸ごと愛だから受け止めてくれって愛した相手に求めることは、「愛する」とは逆のことだと思うよ。愛の気持ち悪さへの肯定を、愛の美しさと稀《まれ》さを根拠に、相手に請求するのは愛がないよ。

愛は気持ち悪いから、やっぱ不安だし、相手がまるごと受け止めてくれたらそりゃ安心なんだけれど、そりゃ安心なんだけれど……。愛すれば愛するほど愛した相手には、自分の愛から自由であってほしい。できれば、無関係でいてほしい。

今日も、あの歌は歌われる。

Mステで結成20周年だとかでくるりが「東京」を歌っていた。私はもう大人になっていた。テレビをつけっぱなしにする癖がもうとっくになくなっていて、だからくるりのタイミングを狙ってテレビをつけた。はじめて「東京」を聴いたのは15年ぐらい前かな、なんてことを思う。くるりはその日オリジナルメンバーで、それ自体が久しぶりのことだった。20年ぐらい前の曲が、今Mステで初披露されていて、たぶん女子高生ぐらいの子が「エモい」っていっているのをツイッターで見かける。エモいなんて言葉、当時はなかったよなあ。私が「東京」をいい曲だなあ、と思ったのは15年前で、そのとき、東京のことなんてよく知らなかったし、多分当時の「東京」を私は知ることができない。上京するということもどういうことなのかわかっていなかった。だからなんで、「いい曲だなあ」と思ったのかは正直なところわからない。

東京という街は特別だ。私は具体的な地名を詩に書くのは好きじゃなくて、それは読む人が知らない土地だとそこでイメージが止まるからだった。でも、東京は知らなくても、知らないという事実がまた別の意味で特別ななにかをもたらす。私はまだ学生だったし、将来のことを考えてこわくなったりもしなかった。よくわからないけれどとりあえずまだまにあう、なんてことを思っていた。そんな私が見ていた「東京」という場所は、たぶん今見ていたものとは違っていて、そしてこの歌で歌われている「東京」とも違っていて、そのずれをうめるようにしてメロディーが流れていたのだろう。Mステで15年後、「東京」の演奏を見て思ったことは、ただただ、私も、くるりも、それからきっと音楽ですら、時間を止めることはできない。みんなみんな老いていくのだということ。完成した作品ですら、時間がたてば変わっていくんだ。いまこのときに聴いた「東京」はたぶん誰かが言ったように「エモい曲」で、そしてその東京にはポケモンがいて、iPhone 7が予約開始されて、カープが25年ぶりに優勝し、そして4年後にはオリンピックがやってくる。東京という言葉にはもうそれらがしみついて、15年前の「東京」なんて必死で掘り起こさなきゃ見つからないだろう。そして、だからなんとなく、今の私が、今のくるりが、今の「東京」を歌っているその姿を見ている、というそのことが素晴らしいと思えた。なにもかもがもう一度「現在」に生まれ変わったようだ。懐かしさでも思い出でもなく、「今」として。すべてが追いついた、そんな感覚に襲《おそ》われていた。

　Mステのあと、アルバム「さよならストレンジャー」をとりだして「東京」を聴いたんだけれど、予想外に「あれ?」って声が漏れてしまった。Mステで見た演奏は当時のすべてが蘇る感覚だったのに、その演奏とアルバムの「東京」はなんだか全く違っていた。いいとか悪いとかじゃなくて、ただただ違った。Mステで見て、「わーあの時聴いてた「東京」そのまんまだ!」なんて思って、だからこそ15年前に聴いたアルバムをひっぱりだしたっていうのに、そこにあった「東京」はMステの「東京」とは違う響き方をしていた。よく考えたら全然ちがう。録画したのを見てもやっぱりちがう。どうして、そのまんまだとか思ったんだろう。思い返してみれば、別にこの15年間一度も「東京」を聴かなかったわけじゃない。ときどきはこのアルバムを聴いていたはずで、そのときに一度も「蘇る」感覚にはならなかったな。懐かしいと思ったし、思い出の曲として触れていた。過去を切り離して、「現在」だけのものとしてはどうしても聴くことができなかったんだ。アルバムの「東京」はもう私にとっては「過去」でしかないのかなあ。昔のくるりが、昔の「東京」を歌うのを、今の私が聴く。この時間の差を埋めるために、どうしたって懐かしさや、思い出が頭の中に浮かんでしまう。それも悪いことではないよ。10代の自分の気配がする。でも、やっぱり、はじめて「東京」を聴いた時の私とは全く違う聴き方をしている。

　作品は完成したらそれで終わりのような気もして、時間が止まるような気もして、でも本当はそんなことないんだろうなあ。変わらない気がして、むしろ変わらないでいてほしいとすら思って、当時のCDを大切に聴いて、昔のライブ映像とか見たりして。でも、やっぱり作品だって歳をとっていく、あの時代のあのころの気持ちを冷凍保存するような、そんな寂しい役割しか担っていないわけじゃない。なんとなく、同じ時代に好きなアーティストが生きていることの幸福を思った。過去としてではなくて、歳をとった今の作品に触れて、変わってしまったというのに、変わってしまったからこそ、もう一度自分と出会い直してくれる作品のすばらしさを思った。全員昔とは違う。作品も違うけれど、それでも、私はあの時と同じような鮮烈《せんれつ》さで出会い直しているはずだ。15年前のあのとき、「東京」を聴いて「いいな」と思った私の気持ちにはもうなれない。でもそれはさみしいことではないよ。くるりはまだ歌っているし、私はまだ生きている。「東京」の街はまだそこにあって、これからもあって、そして、過去の私には今の私が、今の「東京」を聴いて、どう思うかなんて想像もできないだろう。わかり合えないし、互いに、忘れていくけれど、それは「今」として生きている証拠だとすら思っている。

傷口

元に戻ってほしい部分がある、戻らないでほしい部分もある、前の世界はグロかったんだって言う人がいる、今の世界をグロかったんだってってひとが言うのは何十年後だろう、監禁事件のニュースを読んでからこの地上に今同じようなことが起きている部屋がある、と思えてならなくて、それは妄想ではなく多分事実なのだ、悲劇がニュースになったとき、「やっぱり」と思うのをやめたいのに、信じられないと思いながら、本当は驚いていない部分が私の中にあり、それが、自分を正気に保っていると気づかせる。異常な世界であることをどうしようもないと受け入れて生きていける自分は、そこで生きている、つまりそこで生きていけない人は、そこで死んでいく、どこまで、繊細《せんさい》でいたらいいと思う？　起こっているかもわからない悲劇を想像することは、無意味で、現実を冒瀆《ぼうとく》する行為だ、けれど、起きて、ニュースになるまで、忘れていたらいいのかな、自分にとってちょうどいい世界などない、本当はどこにもない、自宅にずっといることで気が楽になっても、自宅にずっといることで死が迫る人はすぐそばの窓の向こうにいるはずだ、それが自分にとって平気なことなわけがない、想像すれば全てが苦しくなるが、苦しくなることはなんの利益ももたらさない、その想像は誰かを救うわけではない、しかし自分を救うために自分の想像を止めることができない、生きることが楽しくて幸せなことだけのわけがなく、それは開いた傷口みたいなもので、感情はそこから流れる血でしかない、だから苦しくなることや痛ましく思うことが、当然のように続いていく。

本当は、ずっと前からそうだったのだ、外に出ても、人と接近ができても、ライブや舞台を観にいけても、それは同じだったのだ、ちょうどいい世界なんてどこにもなくて、最初からなくて、なのにどこかで分けて考えることに慣れ切ってしまった、自分が辛くてたまらないことを別の誰かが「嬉しい」と言う、自分が嬉しくてたまらないことを別の誰かが「苦しい」と言う、2020年4月から5月にかけて、そのことが繰り返しそばで起きて、起き続けて、すべての目が覚めてしまった。「起こってはならないことが起こってしまった」と、悲惨な事件を前にして思う、起こってはならないと、思っていた、起こってしまうかもしれないとわかっていた、でも、それは自分にはどうしようもないことだった、どうしようもないことしかこの人生にはほとんど存在しない、それらに傷ついていくばかりだし、私はできればこのまま、慣れることなく、もう、このままでいたい。

花を消費する

花屋で花を買って、花瓶にいけていると、やはりどうしても土に根を張る植物よりは早くに駄目になってしまう。これはそういうものだから、そうだと思いながらも一方で、この花をこの部屋でわたしが全て受け取っているのだ、とも思う。美しいものを受け取ること、わたしのものとして使い切ること。わたしの生活が他のものの受け皿としてあるとき、わたしはうれしいわけでもさみしいわけでもないけど、自分の暮らしを無視できなくなったような気がして、今はそれが心地いい。

家から出ることが減って、旅行だとかそういう「いつもと違う場所」に行くこともなかなかなくて、そうやって自分は次第に手に入る範囲での美しいものを求めるようになっている。花を買うこともたぶんそうで、美しいものを必要としているし、なにより、わたしはわたしの生活に惰性《だせい》を垂れ流すのに飽きている。生活は惰性があってこそだと思うし、夢のような世界で生きたいというのは、自分がまず自分でなくならなければならないから無理だけれど、それでもわたしは飽きている。知らないうちに知らないところで手にしていた「非現実」のかけらが外にはたくさんあったのだと思った。

でかけたり、緊張しないと買えない服を着たときに、よくわからない充実感でぐったりしてしまって、やっぱり家がいいや、と思う。あのときの、家がいいやと思うときの「家」が、今の家に一つもないように感じていた。だらしなく暮らしてもいいと決めて暮らしていくうちにだんだんそのだらしなさにうんざりするし、ちゃんと大人として生活する自分が「非現実的」で、本当のわたしは内にいて時々解放してやるのだ、というこれまでの解釈が完全に間違っていたことを思い知る。自分はだらしない、こともあるし、だらしなさに飽きる、こともある。自分に一つの正解があって、それを与えればいいなんて、一つの好物だけを食べて生きていけないのと同じことだ。

それで、わたしは花を買ったのだと思った。花は最初はただ綺麗で、家に飾れることも特別に思えてうれしくて、でもあるとき急に元気がなくなる。茎を短くして水をたくさん与えて、元気にさせて、また弱ったら茎を切って。そうやって繰り返していくうちに、これはわたしが花を消費しているんだ、と思い始める。急に、花がわたしの生活の外側ではなく、内側にやってきて、現実のものとして消費される花となる。

花はできうる限りの延命を受けてそうやって枯れる。わたしは、この花が切られて売られてうちに来たことに、哀れみとか共感とか抱く必要は感じていなくて、それはこれがもはや現実の話で、物語として、想像力を羽ばたかせて、見えないところを見ようとすれば別のものが消え去るからだ。花の消費というものの実感がこんなにもはっきりとすることはこれまでなかった。花を買うのが好きだと思う、数ヶ月だ。

さみしさ完結編

インターネットがなかったら私はいつまでも友達が欲しいって思ってたかもしれない。ほんとは欲しくなかったのにそれ以外にどう言えばいいのかわからなくて友達が欲しいって思って泣いてたかもしれない。友達なんていらないのにそう言うしかなくて、なんとか作った友達が好きになれなくて私は私の願いがわからなくなり、まるで出口がない気がしてしまう。一人でも話していいし、一人でも書いていていいんだよと教えてくれる人は本当、どこにもいなかった。

久しぶりに和歌を訳している。みんなさみしいって言っている。1000年前の人たちのさみしさのほうが近く感じるのは、なぜだろう。その人たちがもういないからかもしれないな。誰のものでももうなくなったさみしさとしての和歌。作品として残されたさみしさ。

あの時代の人たちは気持ちを作品にすることが今より普通だったのだな、と和歌に触れると思う。友達が欲しい、とこの人たちは今の人より思わないのかもしれない、とふと考えていた。

ネットをしていると何もかもが記録に残っていくような感覚になるけれど、1000年後にはこの時代の人たちの言葉もさみしさのものばかりが、きっとひとりごとだけが、作品のようなものばかりが、残るのだろう。

最大級に透明な詩人

詩人というのは生き様のようだと思われがちで、存在自体に夢があるというか、詩を生み出さざるを得ない波瀾万丈《はらんばんじょう》な人生なのだと勝手な物語をあてがわれることもあり、しかしそんな波乱に満ちているなら、ずっとは詩を書いてはいないだろう。詩人は詩を書く仕事をしている人で、その「仕事」という質感をどのように捉えたらいいのか。それは谷川さんのこれまでの仕事を追えばわかるようにも思う。人は確かに詩を必要としているみたいだ、書いているとよく思う。私は喉が渇いている人に水を差し出すようなそんな直接的な、近道な「需要と供給」をやっているつもりはないけれど、でも詩も本質的にはそういう形で届いているのかもしれない。実際に自分の作品を読んでいる人の話を目にしたりすると思う。みんなその人にとっての解釈を持っていて、詩はそれぞれ違う形をして彼らの心に届いているから、「私は直接彼らに必要なものを手渡している」という感覚にはなれないし、詩はやっぱり飲み水とは違う。でも、詩が詩としてあるからこそ、その人の手にその人だけの「詩」が生まれるのだ。どうしても日々の中で詩が必要だと思う人がいて、彼らの存在を知っていて、そして詩を詩として書く時点で、彼らの需要に私は応えているのだと思います。

求められている言葉をそのまま作り出すのとは違う。というよりもそんなことをすればあっという間に詩ではなくなる。「必要とされている詩を書く」のではなく、ただ詩を書くことが、唯一の詩の需要に応えることなのだろう。

詩人が詩を書かずにはいられない過酷《かこく》な人生を生きているのだと思われても実際はそんなことはないように、「読者は詩を読まずにはいられない人生を生きているはずだ」という勝手な理解もできやしない。それこそ読者にもいろんな詩を求める理由があり、その「決め付けられなさ」を詩人は詩を書いているからこそ、察することができるのかもしれない。具体的な読者の渇望のためではなくて、もっと広く大きな読者とか「人」そのものの存在に向けて、ただ「詩」を、書くことができるのではないか。というより、それしかないいんじゃないか。少なくとも私はそうやって詩を書いてきているし、谷川さんの作品を読むとより、そう思う。詩はやはり仕事なんだ。仕事だと捉えたとき、この「詩と読者と詩人」の関係性が一番シンプルになったように感じられる。具体的に目の前の人に求められた言葉を届ける、とかではないが、「だれか」という存在のために「だれか」として詩を書いている。その作業の透明さに、「仕事」という言葉がぴったりはまるのは、人の営みの美しいところなのではないか。私は、谷川さんのような詩人に一番夢を感じている。

私はまだ自分の作品に対する頑固さがあって、書くことそのものへの楽しさを大切にしすぎて、自分の中にあるこだわりのようなものが作品にまざり、これはまだ透明とは言えないかもしれない、と思うことがある。透明になるのはとても難しくて、自分が自分の作品を世界一好きに思えるようにする、ということとはまた違うベクトルでの推敲《すいこう》が必要なのかなぁと感じる。「最果タヒの作品」であることを私自身が求めるとあっという間ににごってしまうのだ。私もまた、推敲するときは一人の読者になってしまうので。私という個人のために書くのではなく、「だれか」のために書くために、私は詩人の純度を上げなくてはならない。そういうことを考えてしまうとき、私は谷川さんの『はだか』を読む。『はだか』は子供目線の詩だ、誰もが子供だった時代があって、だから知らない風景や知らない感情が書かれていてもその言葉はどこまでも染み込んでくる。そして詩は、そもそもそういうものなのだ。子供の詩でなくても。詩はいつも宛先《あてさき》を固定しない。詩は詩である限り、人を選ばない。いつだって、必ず染み込んでくる。そのありかたにより気づきやすく作られているのが『はだか』なのだと私は思っている。

詩は、いつも「だれか」のためにあり、「だれか」に当てはまらない人はいない。でもそれは決して「誰にでも」わかる詩ではない、「みんな」の詩でもない、いつも読者は詩の前で、一人きりになる。書き手さえもいないのだ。そのために詩人は透明を目指す。書くことで言葉を「自分のもの」ではなくしていく。世界に返していく感覚だ。透明なものが、私は一番鮮烈《せんれつ》だと思っている。

恋できみが死なない理由

昔の恋を忘れられずいつまでもそれに囚《とら》われる、というのは、本当のところどういうことなのだろう。それは本当に運命的な一度きりの恋なのだろうか？　突然終わりを迎えてしまったからこそ、そこに運命を読み取らずにはおれず、自分の心に杭を打ち付けてしまっているのではないか。

不完全燃焼だった恋だからこそ、永遠のものに感じることはあるのかもしれない。小説『街とその不確かな壁』（村上春樹）では、結ばれることなく離れ離れになってしまった10代の恋の相手のことが忘れられず、その後悔や未練によって、ある一つの異世界としての「街」が生まれる。「私」はその「街」に一度は行くことができたが（そしてそこには恋の相手の分身である「影」がいる）、「私」はそこに永遠に住むことはなかった。それが何より重要なことのように思える。「街」で永遠を達成するのはまた別の、「特別な」少年であって、「私」はその未練のあるじであったのに、自らの意思でそこを出て行くことになる。

愛情の成就は、それを終わらせる引き金ともなる気がする。二人が結ばれたのなら後はほどけていくだけだ。だから、結ばれる手前の関係が一番、「永遠」を感じさせる。まだ来ない最良の時を待ち望むことができるから、そのときだけ「永遠」を信じることができる。

突然、そんな「永遠」の気配を感じている状態で関係が途切れたとき、人は「永遠」の夢を、それこそ永遠に見てしまうんだろう。むしろそれまで遠くで揺れて見えていた「永遠」のきれはしを忘れないために、いつまでもその恋を運命だったように捉えてしまう。他のどんな恋人もその記憶を超えることがない、というのは当たり前で、成就してしまえばいつも「永遠」は消えてしまうものだから。彼女だから、というより、途切れてしまったから、いつまでも忘れられないのではないか。

もちろん、途切れてしまったのは彼女が彼女だから、なのだけれど。それでも「途切れる」ことこそが、「永遠」と「街」に大きな意味をもたらしているように思う。

この小説では、街にいる彼女の影は「私」を思い出さない。本人とはまた別の、幻のような存在で、記憶もないのだから当たり前だ。未練によって作られた街で、終わってしまった関係が再生することはない。当たり前だ。再生すればきっと何年も未練が続くような恋にはならないようにも思える。作中で「街」が厳格な構造をしていたのは、恋が不完全燃焼だったからだ。もう一度、火をつけることはできない。

美しい記憶や人生に打ち付けられた楔《くさび》のような恋を、それは途切れてしまったからであって、恋そのものが奇跡的であったからとは言えません、と前述のように言い切ってしまうのは簡単だけれど、そんなことは本当は誰もが知っていることであるはずだ。それより、どうして人はそうやって、そんな「途切れた恋」に永遠を見出してしまうのか、そしてそれでもどうして生き延びているのか、そここそが大切なことのように感じる。途切れた恋に「永遠」を見出すなら、人間は恋などしない方が幸福で、もしくは、「永遠」が見えた瞬間に死んでしまうのが唯一の手立てに見えてしまうんだ。

それでも人は、そんな「永遠」の中に閉じ込められて、未練を単なる心のくすぶりではなく、一つの冒険や課題として見つめられたとき（つまり「未練」の中で今を生きることができたとき）、自分が永遠や不変や奇跡に属するようなそんな鮮烈《せんれつ》な感情とはまた違うものを、抱きしめられることを知る。自分の心や肉体が、そもそも絶対的にも永遠にもなれないことを知る。自分は、劇的な感情のために生きているわけではないと知るんだ。それは人間の生々しさ、血の色や肉の柔らかさ、体温の生ぬるさそのもので、肉体だけでなく心にもそうしたところがあるのだろう。生ぬるくて、全てを燃やし尽くすような情熱とは真逆《まぎやく》の、ある意味で「中途半端」でロマンチックとは共存し得ないものが。

通常なら、未練や後悔をただ頭の中で燻製《くんせい》するしかなく、過去を何度も繰り返し思い出すしかなく、それらを今の冒険として捉え、今の感情として昇華していくことなどなかなかできないはずだけれど、けれど、それでも「課題」として未練を見つめ直すことができれば、人は自分の心のぶよぶよとした生々しい手触りに気づくことができる。苦しみや悲しみの奥にある、語られることはなかなかないぬるくて淡い感情。どんなに苦しんでも悲しんでも、その後も生きてきたのはどうしてなのか。あれが恋の全てだと思っても、その全てが終わっても、死ななかったのはどうしてなのか。ドラマで取り上げられるような、激しい感情が心の全てではなく、悲しい日も苦しい日も人体はお腹が空くように、心にもまた、悲しみきれない部分がある。普通は目の前の痛みに囚われて、それらに目をやることができない。でも、物語はそれを可能にするのだ。この物語の「私」のような、そんな他者の未練を追うことで、私たち読者は人の、ぬるくて淡い感情の中に飛び込むことができる。

「現在」が超えることのできない「過去」。絶対的な恋。奇跡的な関係。それらに人はロマンを感じすぎだ。本当はそんなものは体には合わない、心にも合わない、そしてそんなものを軽々と超えてしまえる肉体と心の身勝手さと中途半端さこそが、決して一つの真実なんかに収束していかないその姿こそが、生命のきらめきなのかもしれない。

初恋をずっと忘れられなかった男性がたどり着く相手として、物語の後半「コーヒーショップの女性」が登場する。彼女は個人としてはそれほど（全ての後悔を払拭する人物としての）説得力を持たない。もしも「この人なら」という説得力が少しでもあったら、まるでその人のために昔の恋はあったように（つまり踏み台になったように）見えるだろうし、その人自身には大して説得力がないからこそ、その人が探していた存在だと思い至る「私」の生命がきらめいて見えてもいる。主人公はすぐに彼女と結ばれるわけではなく、彼女が心を決めるのを「待つ」必要があった。それは10代のあの恋と同じだ。彼女が待つ必要のない女性であるなら、「私」は「街」を出る気にはならなかったのではないかとも思う。「待つ」からこそ、永遠の気配がする。「私」はコーヒーショップの女性そのものに全てを覆《くつがえ》されたというより、完全に結ばれる日がまだ遠く、「永遠」になり得る関係を新たに見出したからこそ、ここに落ち着いたのだろう。

コーヒーショップの女性との出会いは偶然そのものであるし、運命や「おさまるところにおさまる」というものでもない。彼女と状況が似た他の女性と他のあり方で出会っていても、もしかしたら同じ結論になるのかもしれない。「待つ必要がある女性」は、この世界に僅《わず》かにしかいないわけではない。そしてそれでいいように私は思う。そのほうがいい。人は、物語のために生きているわけではない。運命的な恋に殉職《じゅんしょく》するように一人の人を思い続けて死ぬ人間などいないし、そこに「純粋」や「誠実」を第三者が感じ取って、痺《しび》れたり涙を流したりするのはグロテスクだと思っている。そしてそれを本人がなぞろうとしてしまうことも。長く引きずってきた過去の恋への未練が終わる時、そこに「絶対的な恋」を求めるのはそれはあまりにも図々しい期待だ。人の命は未熟で生っぽくて、それから「オチ」のためでも「結末」のためでもない過程を愛することができる存在だ。「私」はまさにそういうあり方を最後に選び、そうして初恋の相手の影がいる「街」から、本当の意味で出ていくことにした。過去より現在が優《まさ》ったからでも、過去を諦めるのでもなくて、人は生きているから。どうやっても眼前に広がるのは「現在」なのだ。本人が選ぶなんて、そんな話ではなく。そこにあるのは意思ではなく、ただの事実だ。生きているから次に行くのだ。

新たな恋を見つけるというより、新たな「待つ必要」に遭遇して、「私」は「街」を出て行った。

街に取り残された「私」の影が、街を出て「私」のところに戻ろうとする。物語はそこで終わる。彼の選択を、彼の心のすべてが受け止められるのか、その答えを物語は描いていない。でも、受け止められないわけがない、と私は思う。彼は目の前に起きた出来事を、自分の「今」として受け入れている。物語の殉職者としてではなく、命として在ることを選んだなら、命は彼に応えるだろう。人は、過去の自分を納得させようと紡《つむ》いだ運命や奇跡の物語のために、生きていくわけではないんだ。

インターネット蕁麻疹

書くことは孤立することなのだと思っていたのに、いつの間にか孤独なことだ、ということになり、孤独は遠くの誰かと共振し合うように誤解をし、それらは何かを埋めていくように思えて、本当は何も埋めてなどおらず、そのことに気づくことができないと、空気を読むことが書くことであるかのような錯覚に陥る。

孤独とはつながりを求める理由なんかではなくて、世界を拒絶するための理由にしかなりえない、あなたたちのことが嫌いで仕方がない、と言うために必要なものなのだ。正当な理由で他者をすべて否定することはできないし、それができると思い込むなら、そのとき自分はただ暴力を振るいたいだけだと思う。そうではなく、すべてにおいてうんざりする、嫌いで仕方がないと思うその自分を、軌道修正しようとする「まともさ」を殺さなくちゃいけない、そんなのは本当は「まとも」ではない、空気を読めばいいんだろって考えるような軽薄さだ。世界中の人だってどこかでは他者にうんざりしていてわたしのことが理不尽なほど嫌いかもしれない、ということを許さないような「まとも」を信じるなんて馬鹿げている。わたしは、空気を読みたくない、絶対に読みたくないし、嫌われたいとか好かれたいとかそんな発想もしたくない。

人の視線が自分の内側にまで存在し得るという考え方がまず自分を不自由にするし、それを許さない空気は無理だ無理。ここ最近、ずっと蕁麻《じんま》疹《しん》が出ている、これが蕁麻疹であることに最近やっと気づいた、自分が何に圧迫されているのか全くわからないが、ここに書くことでまるで今の空気にストレスを受けているようにも見える。

Ｚｏｏｍ飲み会の話を聞いたとき最初は想像ができなくて気持ち悪いなと思った、友達がいないことに改めて気づくことが多かった、みんな寂しいというけれど寂しそうに全然見えなかった、寂しいという言葉がコミュニケーションの一部として発生するようになったからだろう、寂しいと言うことに意味があって価値がある時期なんだ、と思う、ネットを見て、何も書けなくなる瞬間にこそ孤立が現れて、そんなことになるならもう、ＳＮＳなんて滅びろよ、と思ったのだった。

絆《きずな》や繋がりに対する気持ちの悪さは昔からあったし、それは世界における建前《たてまえ》であって、建前を語ることが自分自身のためにも必要だ、という人は多くいるし、わたしはそのことまで嫌だったわけではなかった。ただその建前と自己の間にあるものに苦しんでいるのではないかと思って、そこで出る言葉は「寂しい」であったかもしれないが、寂しいは誰かに会いたいという意味ではなかったから。今は全くそんなことはありませんね。会いたくて仕方がない、物理的に不可能になった時そういう意味での寂しさばかりがネットに現れるのだなあと思う。なぜなら発信が解決につながるから、だから発信に必然性がありそれらは優先されていく。発信しても無駄な気持ちや考えは発信されなくなるがそれは不健康なことだと思う。

共有される、共感されるような寂しさや怒りしか、この場所にはもはや存在できなくなってしまったのかな。生活における苦しさや痛みの発露《はつろ》は、誰かに励まされたり共感されることが必須であるように錯覚をする。それは仕方がないことだ、この危機的状況において、助けを求める人の声を、助けたい人が聞き取れるというのは、インターネットの今必要とされている側面なのだと思う。わたしも気づけて良かったと思うことは多々あった、助けたい人はいるし、助けられるのだからインターネットは捨てたものじゃない。ただ、誰も助けたくないような、くだらないとしか思わないような、でも当人にとっては叫ばずにはいられない痛みや苦しみが、本当に身を潜めてしまっていると感じる。他人にとっては大したことのない「今言うべきではない」しんどさや苛立ちが、減るはずもないのに見えなくなっていると感じる。他者が聞いてやりたいと思うか、助けてやりたいと思うか、なんてことがその気持ちが存在していいかを決めるわけもなく、むしろ、その気持ちが垂れ流せるだけで救われることがあるはず。それさえ今許されないとしたら、その人たちは今ずっと「寂しい」のではないか？「書く」ことより、「書けない」ことの方が今はずっと孤立している。

わたしは、理由があって怒らなくてはならないタイミングで怒るのが嫌いだ、それはやらなくてはならないことで、出陣でしかないからだ。わたしがわたしでなくても、怒るはずのことだけれど、わたしの身の上に起こったから、わたしが立ち上がらなければならない、という類《たぐい》のものだからだ。それらは絶対にやらなくてはならないし、やるけど、むかつくしやるけど、でもわたしはもっと理不尽で矮小《わいしょう》な人間だったはずだし、そこに火薬ぶちこんで爆撃させなきゃ生きてないだろ？　と思うのに、怒らなければならないことが多すぎて時間が足りなくなる。そういうつらさに消耗される。インターネットを見ていると、そうやって周りの人は追われていると感じる、周囲がとてつもないスピードで正しく誠実になっていく、そうせざるをえない状況に追い詰められている。そんなふうに思うのはわたしだけかもしれない、他の人は理不尽なことなんて身勝手なことなんて、頭に過《よぎ》りもしないのかもしれないが、インターネットが、そして、何よりそうならざるをえない状況が、個人が個人として存在することを妨げていると今は思う。

どうしようもなく誰のことも嫌いだと思う時間が増えたし、それは新たに生まれた感情ではなくて、前からあったけど行き場がなくなってきているということだろう。こういう時に人間性が出るよね、という言葉をテレビで聞いたけれど、自分の矮小な人間性が、どこにも抜けていかなくて、ひたすら手元に溢れ続けることに耐えられなくなる人はきっといる。インターネット、正常に戻ってくれ、正常にくだらなさを垂れ流してくれ、などと願うのもまた違うが、今が「まとも」なわけではない、ということは絶対に、絶対に言いたいと思った。

私をきみの黒歴史にして。

わからなくなりたい。あのころ大好きだった映画や音楽や本が、今見るとどうしていいと思ったのかちっともわからない、みたいなことが溢れるような人生でありたい。おいしいと思っていたファーストフードが受け入れられなくなったり、逆にあのころ大嫌いだったものがおいしいと感じられたり、そういうことの繰り返しで、細胞よりももっと明らかに私という存在は生まれ変わり続けるなんてふざけたことを思っている。今、好きだと思ったものが、そのうち大して好きじゃなくなるんだろうという予感とともに、なにかを好きになっていくのは居心地がいい。なにもかもは使い捨てだと思う。なにもかもは使い捨てでいいと思う。ときどき、昔から好きなままのなにかが現れて、「うわっ」と驚くぐらいでいい。

どうしてあんなに夢中になれたのかわからないと、友人が過去の映画について話していて、それはもう少し昔はもっともっと困惑に満ちた台詞《せりふ》だったし、確実にきみは昔の自分を軽蔑しているよねという口調だった。いつのまに受け入れたんだろうな、なんてことを観察しながら話を聞いているのが楽しい。黒歴史、という言葉は最近あまり使われなくなったけれど（単純に私の周囲の年齢が社会に染まっただけかもしれない）、黒歴史はそのうちなんだって「懐かしさ」という言葉一つで浄化されて、ちょっと退屈な見え方をするよなあと思う。好きが嫌悪《けんお》になるうらは、どちらの感情も現象も刺激的で、へたにふれたら怪我をしそうなのが最高で、大して変わらない気がする。逆に、忘れてしまったり無関心になってしまうとそんな危険性がなくなるし、私はやっぱりどこかマグマのある人と喋《しゃべ》っていたいんだな。人間が人間と会話するのは、マナー講座みたいなやりとりをするためでも、世間話で時間を埋めることでもなく、相手のよくわからないこだわりにふれて、時には怒られ、時には喜ばれ、「なんて理不尽！」と思うため。私もそういうときに「なんて理不尽！」と言われていたい。他人の感情はコントロール不可能であってほしい。

懐かしさというのは過去をフラットなものにしてしまうし、人間は過去の蓄積だから、人そのものがフラットになっていく。昔、自分の作品が誰かの黒歴史になればいいな、と思っていて、たぶんそれもこうしたことが関係するんだろう。好きでいてもらえることは嬉しくて、でもそれがずっと永遠に続け！　っていう気持ちとともに、最悪な思い出になったらそれはそれですごいな、と思う。本や映画や音楽への「好き」という感情は、簡単に消費されて忘れられて「なんで好きだったんだろう」と言い放つことすら許されているから、だからこそまぶしいって思う。軽薄でいいからこそ、直感のまま「好き」って思える。他人を納得させるための根拠なんて用意もせずに、ただ「好きなのは好きだしそれの何が悪い」って言える。自分にすら一貫性がない感情を、その瞬間信じられるその強度が、その人の「自我」そのものではないの。

だから、ものを作る限り、その奔放《ほんぽう》さに作品を斬りつけられたい。きみの、一番直感的で最強な部分に、さらされ殴られ続けたい。

コロナ禍日記特集に書いたもの

2020／5／14

時代が変わろうとしている、とか、言わないでほしい。わたしは子供の頃、阪神淡路で被災したけれど、大人になってから、あの震災で日本は変わった、とか、時代が変わったと言われていることを知り、普通にショックだった。どこでどのように時代が？　と思ってしまった。被災したときに感じていた、震災はほんの狭いところで起きて、自分たちだけが世界から滑り落ちてしまったのだという感覚と、その言葉はあまりにもズレがある、わたしは体育館に避難していて、行き交う担架とか、泣いている人たちとかそういうのを見ていたけれど、「私たち」とは思わなかった。どうしようもなくわたしとその人の間には違いがあり、個人の痛みや苦しみの差は、同じ時間に同じ震災に遭ったとしても踏み越えられないものだった。被災者として数えられるけれど、被災者同士には大きな隔たりがあり、わたしは自分が被災者として言葉を語ることすらずっと苦痛だった。人の死があって、それらはどんな言葉にもほんとうはまとめあげられることがない。時代じゃないし歴史じゃないし、死んでしまった同い年の子がいる、家族を失った子がいる、家が燃えた子がいる、怪我をした子がいる、それがずっとずっとその人の過去として残っていくだけだ。

時代と言いたいのもわかる、でも、被災者も震災によって大きな変化を前にしたけれど、それは人生における変化、別れ、悲しみであり、被災者同士でさえわかり合うことはできないものだった。3・11で被災地の外にいて、「みんなのもの」としてしか、外側の人にはその出来事は受け取れないのだと知りました。みんなや、わたしたち、として語られ、歴史的悲劇と転換されていく死や痛みを、そう考えざるを得ない外側に立って、より、「当事者たちはどう捉えるだろう」と考えるようになっていった。

震災と今回の問題はまったく異なる、当事者でない人は本当はいないし、ストレスが長期にわたってかかりつづけている。けれど今、医療現場で働き続ける人、コロナに家族や自分が感染した人は、「時代が変わる」ということをきっと思う余裕もないでしょう。来年や再来年の同じ頃、特集番組が作られて、時代が変わったなんてコメントがあったとしたら、その人たちのうち何人が「は?」と思うんだろう。その出来事の真ん中にいる人が、その言葉からこぼれ落ちていることは、やっぱり今回だって気になってしまう。

自粛《じしゅく》のことやこの出来事に対して、大きな時代のうねりとして捉えなければ落ち着かない、耐えられない、という感覚もあるだろう、だから時代と捉えたくなることや、歴史的な事件として物事を頭にインプットするのは人間として自然な流れだと思う。けれどコロナの部外者なんてここには本当はひとりもいなくて、時代という言葉によって蝕《むしば》まれない人もまた、どこにもいないのではないか、ということ。こんなふうに物事を大きく捉えてしまうことに心底しっくりくる人などいるんだろうか？　いないのでは？　と、どうしても思う、期待してるだけかもしれない、でも、思う。時代が変わる、という言葉は誰のための言葉なのだろう、時代としてひっくるめることで、失うものがどれだけあるだろう、コロナ特集号にて詩を書いてほしいと言われてわたしは、冒頭の言葉を書いた、時代は変わるということがきっと同じ号で書かれるだろうとも思ったけれど、これは私の傲慢《ごうまん》さだと思う、時代と書かざるを得ない人がいるのも知っているが、それらを否定することで、否定し合えることを再現したい。時代が変わるなんて言うな、と言うこともできるし、あなたこそそんなことを言うな、と言い返すこともできる。今はあまりにも、それぞれが違ったことを言っていいのだということが忘れられていて怖い。人なんて、人が嫌いな生き物であるはずなのだ。これもわたしの期待でしかない。

取り寄せたおやつが、本当に不味《まず》くて不味くて（信頼する人がお勧めしていたので買ったのだが、その人のことまで嫌いになりそう……（耐えてわたし））、1時間ぐらいふて寝した。はあ。人間のことが嫌いすぎる、という結論に達してしまったけれど、そう思うと体調はまだマシに戻る。おやつは高尚すぎて不味いだけで、きっとおいしいと思う人はたくさんいる味なのだろう。応援の意味を込めてたくさん注文してしまったのだけど、こういうことはそりゃあるよね、難しい依頼があって頑張って書いたら熱のこもった返事が来て、その熱に感動して長い返事をしたらその後返事がなくて、相手は忙しいのに長文を送りつけた自分が恥ずかしい、と思いながらやっぱ人間は難しいし怖いし好きになれない、とも思った。そんなことばっかりである。どう考えてもわたしが全部悪いのだが悪いは悪いままでよい、直さんでよろしい、と言うために「日記」というものはある気がしている。今日は。

後天的子供

私は考えるのが苦手で、何か考えようとか、思おう、とか、しようとしても空洞の中に空気が通るようなあんなじーんという音しかならず、でも言葉を書こうとすると言葉が代わりにかんがえたりおもったりしてくれて、まるで私が感受性豊か、みたいな錯覚をさせてくれるので好きなんです。絵の具とかも、あって、ぬりたくれば鮮《あざ》やかなものが見えてきて、たとえ想像力がなくても手を動かせばカラフルなものが見えてくるというの、本当に魔法だと思うし、言葉もたぶんそういうのに近い。粘土とか絵の具みたいに小さな子が気軽にそれで「遊ぶ」っていう習慣はなかなかないけど、歌とかがそーいうのを助けてるのかもしれない。言葉を書くっていうことがもっともっとみんなの身近な遊びになればいいのになあ。非常に勝手なことかもしれないが時々そんなことを思う。

文章を書いてそれでお金をもらっているけれど、結局言葉は私のものでは決してないし、みんなが所有しているものを借りてきているだけのような気もしてちょっと不思議な気がしている。「愛」という言葉にしても、辞書的な意味よりも、たぶん私は個人個人がその言葉に対して抱いている印象だとか、そういうものを引き出すためにその言葉を使っていて、言葉を書くことで思考がやっと動き出す感覚はいろんな人が生きているというその事実に身を委《ゆだ》ねさせてもらっているからなのかもね。

こういう話はたぶんおもしろくないからこのへんでやめる。話は変わるけれど、子供のときに私が書いたり作ったりしたものはことごとく凡庸《ぼんよう》で、お行儀が良いとしか思えないものがおおい。宿題だとかそういう形ではなくて落書き帳に書き散らかしているもののほうがまだなんとなく、へーこんなこと考えたんだなんて思う部分もあって、いやそれでもなんていうか不器用だなあ、とはなる。そもそも自由になるということがいいことだと思っていなかった。子供が幼いからっていちばん自由気ままであるかといえばそうでもないいんだろうな。子供の方がずっと周りの空気を読む必要性にかられている。だってかわいがってもらえなきゃ死ぬって常に追い詰められている立場じゃないですか。

社会のことを必死で意識してなんとか守ってもらおうとしてしまうことが、じつはいちばんの「子供らしさ」だと思うし、いまそういうのが私にはない、とも思う。もう友達なんていらん、信頼なんて知らん、社交辞令なんてむずい、ねむいときはねる、たべたいときはたべる、みたいな大人になってしまったのでそういうことを思う。これは自分で自分の面倒が見れるようになったからとかそういう立派な話ではなくて、もっと情けない話、「生きねば」「育たねば」という欲求が低下しちゃったからじゃないかと思う。死ぬということや見放されるということが無性にこわかった子供の頃に比べると、いろいろわかったつもりになってしまった（あくまで「つもり」）というのが今の自分で、それだからこんなに身勝手になったのかもしれない。世界なんて大したことない、とかって、しがみつかなくなったのかもしれない。昔は、図工だって授業だし、作るっていうのは課題だし。一生懸命言われた通りにやろうとして、それでいて褒められるのは「自由奔放《ほんぽう》な子供たちによる作品」であるという事実がショックだったように思う。学んでなんとかなるものではないし、要するに素材として私はもう失敗作の子供なのでは？　と思ってしまったのかな。覚えてないけど。だからか今、スーパーだとかで似顔絵を上手にきっちり書いている子供の絵を見ると、胸の中がざわざわする。みんな、さっさとこの世界を見放してもＯＫなんだって気づけるといいよね、と思うのだ。子供がかわいいのは、たぶん、世界にたいして期待しちゃっているからなんだろうな。

好きのシンプル

最近、まつ毛の色を変えるのが好きだ。アイシャドウの色に合わせてアイラインを変えるようになってから、じゃあまつ毛もじゃないか？　と思い始めて、いろんな色のマスカラを揃えるようになった。まつ毛が少しファンタジーな雰囲気を纏《まと》うのがとても好きなんだ。

昔は顔をできるだけ良く見せたかった。「良く」というのは、他人にとっての「良く」であって、そこに私はいないというか、いても第三者が褒めてくれそうだなという基準が大事だった。私の顔を見るのは私ではなくて他人なので、他人の評価に委《ゆだ》ねたくなるのはある意味しかたなく、だから目は大きい方がいいだろうと思っていたし、目ができるだけ大きく見える黒いマスカラを選んできたように思う。ただ、目が大きいとか、肌が綺麗とか、そういうことってどんなに綺麗な人が目の前にいても、私も直接本人には言わないし、それは多くの人がそうだと最近気づき始めたのです。それよりそのアイシャドウ綺麗な色だね！　とかそんな話をみんなする。あれ？　みんな顔のこといちいち言わないんだ？　と思うと、もしかして顔って、好きにやっていいのか？　私の好きにしていいのか？　と初めて考えるようになった。

「他人の目なんて関係ない」と言うのは簡単だけど、私より他人の方が私の顔を見ているという現実はそれでもいろんな判断を鈍《にぶ》らせる。私の中にもきれいになりたいという気持ちはあるし、「きれい」とはなにかを世間一般的なものから学んできた。私は私の好きな化粧をする！と言ったところで、外見をきれいかどうかで見てる他人という存在を「そもそもそんな人はいない」と思い込むことは長く不可能だったのだ。誰かのために化粧をするわけではないが、私のためとは思えない。（私には見えないし！）だれかに大事な部分の判断をずっと委ねてしまうばかりだ。でも顔立ちの話を大人たちはマナーとしてほとんどしないし、その代わり化粧品の話がよく飛び交う。そういう人たちに囲まれて、私はじわじわアイシャドウの色に合わせたアイライナーやマスカラを選ぶようになった。私は、そもそも化粧品が好きなんだとそれで思い出していったのです。

自分の顔をよく見せるとかより、化粧品のかわいいと思った色を、自分の顔の上でより良く見せてあげたい。自分のことはそれなりに好きだが、好きな服や好きな化粧品はもっと好きだ。それらを身につけられるから自分のことをもっと楽しいと思える。好きなものに対してまっすぐでいられたらよかったんだなと最近はよく思うのです。やっと全部シンプルになった。そしてそんなシンプルな自分を作ってくれたのが、他人だということがなんだかとても嬉しかった。

他人の目をどうしても意識してしまう「顔」から、他人の視線を引き剝がすのはどうやっても無理で、でもそこを変えてくれるのも他人の視線だった。私と同じ化粧品が好きな人たち。その人たちの視線が、私にやっとバランスをくれた。

大丈夫、嫌いだよ。

誰のことも嫌いだな、と思うことは時々あるし、そういう日のために私は昔、誰もいない図書室に立ち尽くしていたのだと思う。誰のことも嫌いだけど、誰も私のことを知らないと、本に囲まれるとよくわかる。百年以上前の本、海外の本、死者の本。嫌いだからって焦《あせ》らなかった、私には私しか結局はいないから。

嫌いな気持ちに対してどれくらい「いいんだろうか」と不安に思うのかが、世の中的な、精神の成熟度を表すのかなと最近は思う。でも、嫌いだからって攻撃しようとは思わないし、蹲《うずくま》って「嫌いなんだよごめんね」と独り言言うような感じだから、私はずっと焦らずにここまできたし、これからもこのままがいい。

別にこんなことを書いてどうしたいんだろうと思う、愛が生活を満たすことや愛で人生をどうこうするという話を聞いていると時々とてもくだらないと感じて、何を当たり前な事を言っているんだろう、と思う。だいたい人はほとんどが当たり前のことしか言わない、あとは狂ったこと。当たり前でも狂ってもないことを言う人がいないと感じるとき、退屈で頭を掻《か》き毟《むし》りたくなる、ごめん、嘘だよ、世界は楽しいね。愛を貶《けな》すつもりはないし、うん愛しましょうねと思うけれど、いつまでその話をするんですか？　まさかそれで全てが済むと思っているの？愛が貫くのは個人の生活だけだ、個人の生活だけではこの世界が成り立たない、私の人生すら成り立たない、都合よく人生を切り抜いて、愛に似合うようにすることを私は好まない、理由もなく誰も彼もが嫌いなとき、愛は不足しているわけではなく、意味をなさなくなっている。愛しているのは当然だ、別に死なせたくはないし、良い人生を全ての人が歩めば良いと思うよ、嫌いで仕方がないけれど。私が嫌うことはあなた方には関係のないことだし私は何も阻《はば》まない、どうぞ幸せになってくれ。愛の話ではないんだ、ということにいつまでも気づかないふりをして、人間は退屈になるのだろうか、老いていくのだろうか、美しい日々になるのだろうか。つまんなそーだな、と、どうしても思う。全ての人が嫌いな夜は。

私が見ている空の青さは

私が見ている空の青さは、たぶん誰とも共有できない。私の視覚はかならず、どこかで私の気持ちに影響を受けて、現実とも違う青さを私は今、感じている。どんなに近くにいたって、それぞれが見ている景色は少しずつ異なった形で、内側に響いているはずだった。誰も、誰かとすべてを共有することなどできない。でもだからこそ、空の青は私にとって深い意味を持つのだろう。それぞれが違うものを見つめて、だからこそそこの世界はカラフルで、美しい。

社会の一部として、溶け込んでいくこともきっと同じ意味を持つ。人混みの中にいると、自分がいなくても何一つ世界は変わらないような、そんな不安に襲《おそ》われる。でも、そんなことはありえないんだ。私たちはなにもかもを共有することはできないし、だからこそ、各々が、自分にしかわからない感覚を抱いている。たった一人でも、いなくなれば必ず、世界は変わってしまう。たった一人。たった一票。私は、それは決して0ではないと思っている。

幼さを思い出すことはできない。

先日、急に5、6歳の頃、アスファルトの隙間にたんぽぽの綿毛を3粒埋めて、水をあげていたことを思い出した。当時、誰にも言ってなくて、自分もすぐに忘れてしまったことなのだけれど、晴れた日、久しぶりに外に出て、アスファルトの隙間から生えた雑草を見ていたら思い出した。それをしながら何を考えていたか、とか、思っていたか、より、案外しゃがんで、近すぎるぐらい近づいて見ていたこととか、水をちょっとずつ運んであげていたこととかそんなことしか思い出さない。思い出さないけれど、わたしはやっぱり、子どもだったんだな、すごく子どもだったんだ、と大人になったこの身体と心で、ここまでリアルに実感できるなんて、その瞬間までほとんどなかったように思う。

幼さを思い出すことはできない。自分の「愛されていた記憶」より、愛してくれた人たちの記憶を辿るようにして、わたしは過去を思い出す。写真に写った幼いころのわたしを、幼いころのわたしは鏡でしか見ることがなかった。あれは、周囲にいた大人たちの記憶であって、本当は、わたしの記憶などではない。今ではその姿が当たり前に感じるけれど、あのときわたしが思っていた「わたし」は多分こんな形ではなかったし、それを思い出すことはもうないように感じていた。たんぽぽのことを思い出したとき、蘇ったのは、自分のそのときの体勢や、水を運ぶ緊張感だった。張り詰めていた身体は、わたしにとって、当時は「小さく」なんてなく、「頼りなさげ」なんかではなく、世界に対峙《たいじ》できるぐらいには大きくて、自分で思いついたことを実現できるぐらい、「いろんなことができていて」、でもどこかぼんやりとして、気持ちや考えはそんなはっきりとせず、何かをじっと観察して、ずっと待つためにここにいるような感覚だった。すこしも時間を惜しいと思わなくて、めざすものとか、後悔とか、そういうものがほとんどなくて、今思えばすごく暇で、でもわからないもの、知らないことが無数に周りにあって、全身が世界に対峙していた。自分が子どもであることなんて、たぶんほとんど思い出さなかった。

わたしは「わたし」を見ていなかったし、見る暇なんてなかったのだと思います。「世界」にとって、「わたし」がなんなのか、証明する必要を感じず、不安に思うこともない。それは愛されていたということですよね。愛してくれていた人の記憶を通じてではなく、自分自身の「愛されていた記憶」はなんにもないような一瞬の底の方に塗られている。だから、思い出せない。ほとんどの場合、その瞬間は退屈で平坦で、あのころのわたしにとっても、今のわたしにとっても、すこしも特別でなかったからだ。

わたしは幼いころ、絵本がとても好きでした。

登場人物が好きとかどうなりたいとかではなくて、ぼうっと絵本を眺めて、お話を聞くのが好きでした。大人になって改めてその本を開き、こんな話だったんだと気づくことも多いのだけれど、その「こんな話だったんだ」という瞬間に、自分の子ども時代が蘇る感覚がある。

「こんな話なんだ」と気づくことのないぼんやりとした昔の自分を、ふと思い出すことがある。

絵本を書いてみたいと思ったのはだいぶ昔で、でもそれはとても難しいことだと感じていた。

「伝えたいこと」なんてなくて、どちらかと言えば、たんぽぽの種を埋めてみようかなと自分で思いついたときのような、ああいう瞬間を、わたしは絵本で作ってみたかった。それは能動的にやろうとすればするほど難しくて、結局書けるまで、じっと待っていたように思います。

『ここは』という絵本は、わたしにとって初めての絵本です。及川賢治《おいかわけんじ》さんの素晴らしい絵とともに、こうして形になり、とても幸せに思います。ぜひ、読んでみてください。

大人になる

10代で進路を選択するころ、自分は将来その進路に関係する仕事につくのだと思っていたし、未来が見えた気がしたが、全くその道とは関係ない仕事（詩人）を今はやっている。当時周りにいた人は今は全然近くにいなくて、あの頃どこにいたのか一切わからない人たちが、今は近くにいる。将来の大事なことだからと考えに考え、決めた選択は、案外簡単に覆《くつがえ》り、むしろあのときに決めたことがそのまま貫かれている人ってどれくらいいるのだろう、と思ったりもします。

人生は物語ではない、ということをよく考えます。たとえば苦労して入った学校を辞める人に対して、他人が「もったいない」と簡単に言ってしまうときとか。物語であれば努力は報《むく》われるし、決めたことを貫いた人が成功するという「筋」があります。そこをはみ出すことは（未来が来る前から）失敗や過ちだと言われがちで、でも本当にそうなのかな？　と思います。伏線が必ず回収されるわけでも、努力が必ず報われるわけでも、決めた進路を貫いて、それで幸せになれるわけでもないのが現実です。何かを貫かなかった人が、物語みたいに失敗したりしたとき、「ほらみたことか」と言いたがる人もいる。それは物語で悪役が罰を受けるときに感じるカタルシスと同じものを感じているのかもしれない。でも目の前にいる人は人間で、誰かにカタルシスを感じさせるために、物語になるために生きている人なんてどこにもいないのです。物語のように気持ちのいい、まっすぐな生き方をしなければ失敗するに決まっている、という考え方は、人の人生の複雑さを軽視しすぎではないかと思います。

大人になる、自分で何かを選択する、というのは責任が伴うけれど、でもその責任の重さを第三者が必要以上に脅すように伝えてくることは若いころ多々あり、そのときに感じたうっすらとした戸惑いと不気味さについて、私は今なら話すことができます。人は物語のようにスッキリ生きることはできませんが、物語のようにスッキリ生きることができないとき、それじゃ失敗するぞと預言者のように伝えてくる人はいる。その人もでも、未来は見えていません。どんなに年上の大人にだって他人の人生の先は見えない。そして実は見届けることさえできない。当たり前のことですが、これから大人になる人に私はこのことを伝えたいです。

飽きてＯＫ

ずっと書き続ける作家を、読み手がずっと好きでいるのはむしろ難しいことだと思う。だから、好きじゃなくなったとか、昔の方が良かったと言われるのはすごく、すごく自然なことだ。さみしいはさみしいけど。互いに変わっていくし、その方向性まで同じことなんてほとんどないよ。ただ、自分の好みじゃなくなっただけだと思うのに、「最近のテーマは無理してる」とか、「読者に無理に合わせすぎ」とか、こちらが間違っているみたいな言い方をされるのは、なんでなんだろう、って悲しくはなる。わたしは書きたいように書くし、書いたら書いただけ言葉は蓄積されていくから、変化は自然発生的に起きていく。私はその変化に驚かされるのが楽しいから、まだ書き続けている。変わらないなら、新たに書く意味もないし、退屈すぎる。むしろ、作り続ける人間が、過去と変わらなかったらそれは偽りだと思う。好きだと言ってくれていた人たちが「今のはそんなに」っていうのは、そりゃさみしいことだけど、でもむしろ一瞬でも好きだと思ってくれたことを私はすごいことだって感じる。奇跡的な交差だと思っている。他人が書いたものを「いいな」って感じるってすごいことだよ。ありがたいです。そういうときのために、本はあるのかもしれない。その人にとって特別な本だけ、その人の手元に残るなら、それこそが完全だと思うんだよね。もちろん、今の本も読みたいって言ってくれる人もありがたいです。でも、「なんか好きじゃないかも」ってなったときに、気にしないでほしいなと思います。わたしも10代の頃とか、好きだったはずのアーティストとかで、なんかこれ好きじゃないぞってなったとき、すごく無理してしまって、なんとかファンとして振る舞おうとして、自分が悪いような気がしたり、感性が鈍《にぶ》ったのかとか思ったり、いろいろ相手を心配したりしたんですけど。何もかも好きでなくても、最新もすべて好きでなくても、相手の変化を受け入れられなくても、「好き」と思ったときの「好き」は、ずっと永遠です。作品はずっと残り続けるから。そしてその「好き」はわたしにとってずっとずっと嬉しいものです。

わたしは、どうして自分の作品を読んでくれる人がこんなにいるのか、本当はよくわかっていなくて、ありがたいけれど、その人たちがずっと満足するものを書き続けられるかはわからなくて（というか無理だと思ってます）、わたしはわたしが楽しいから書いている、という勝手なところがどうしてもあるから、多分いろんな人がこれから「今のは別に」って言っていくんだろうなと思っています。それと同時に「昔のはそんなにだったけど」って、今の本を手に取る人もいるんだろうし、そういう状況をどちらもありがたいなって思っていたい。読まなくなった人も、これから読む人も、すごく、すごくありがたいです。そして、わたしはずっとわたしなので、これからも頑張って書いていきたいと思っています。

さみしいままでいるために。

人と人が大声で話しているのをみると、少しだけ距離を取る。孤独というものがわたしの生活から少し消えたな、などと感じる。人の密集する場所への、違和感がより強くなって、より、一人であることが、「集団」への対抗馬としてしか動いていないなと思うことがある。

集団でいようが人は、本来であれば「一人」としての自分を内に持ち続けているはずなんだ。人は一人の肉体しか所有していないし、その命が尽きてしまえばやりなおしが効かず、傷は残り続けていく。脆《もろ》い食器を何枚も重ねて、片手に乗せて歩くような危うさがずっとどこかにあり、それに気づかないように、もしくは平気だと言い聞かすように生きている。生きることは尊いとか美しいとかいう前に、危ういものだ。そのことについて、どんなに平穏《へいおん》な日々を生きても、「そんなことない」とは言えそうにない。

人の孤独は自分の体をもち、その責任を一人で背負うことから生まれてきていて、誰と時間を過ごすか、などとは全く関係のないことだと私は思う。集団の中にいても変わらないし、愛する人がいたり、趣味があったり、そういう日々の中で打ち消されるものではない。つい先日、とある雑誌からオタク趣味を持つ女性たちについての特集をするから、詩を書いてくれと言われて、わたしがまず思ったのは、彼女たちは「趣味を恋愛より優先するのは駄目」とか、「恋人をちゃんとつくったらいいのに」とか、そういう理不尽な批判を時々受けるけれど、趣味に没頭することが愛の欠如、そして孤独につながるというのは変な話で、趣味が満たす人生もあるし、愛が満たす人生もある。そこに優劣がつくわけもないし、そのことはもはや当たり前のこととして共有されているはずだ。けれど一方で、そのどちらの人生にも生きることの孤独は付き纏《まと》い続けるだろう、ということだった。

好きなものや人が存在することが、自分の孤独を埋めることにはつながらない。むしろ自分の肉体は自分だけで完結しており、どうやっても好きな存在に自分はならないのだということ、自分が好きと思う限り、その対象は「他」であるのだとつどつど思い知らなくてはならない。恋人と趣味どちらが重要か、なんて他人が決められることではないが、何かに満たされても、その満たされた日々の中でこそ傷つくことはあるはずで、完全などないのだ。それは、悲しいことだろうか、悲しいというだなんてきりがない、と感じる。人は本質的に悲しい。理解などされないものを多数抱えて、それでも他者と触れ合い続けて、それを悲しいというならそんなのはむしろ、自分に「自分なんていらないのだ」と言ってしまうことにも近い。自分というものが、この世界に唯一で、自分だけが自分の幸福を決めていけるのだという事実こそ、存在の孤独に支えられて成立している。「オタク趣味などやめて恋人を作らなきゃ幸せになれないよ」

と言う人に「わたしの幸せをあなたが決めないでください」と言えるのは、「わたし」が孤独であるからのはず。わたしのことを完全に理解できる人間なんてわたし以外にいないから、だからわたしはわたしが決めた幸福に突き進んでいけるのだ。

人はわかり合えないし、それは何十年もの時間を自分の体で、見て聞いて触れてきたのだから当然のことだ。この視点は私にしかないもので、「こう見える」ことも「こう聞こえる」ことも、厳密には誰にも共有できない。その積み重ねの末に私という人格はあり、それを理解することは同じ量の積み重ねを持つ他者に望めるわけもない。けれどだからこそ、他者に「あなたとは違う人間」として向き合い続けられる。自分の言葉を伝えることは不安だ、という人もいる、相手と違う考えを伝えるのは怖い、という人もいる。そうだけれど、でも、それしかないのだから怖いのだ。本当は同化しようにもできないから不安だし、こうやって戸惑い続けているんだ。そうしてそれはお互いきっとそうで、お互いがそうだということだけともに発見ができればきっと、話し続けられるのだろう。一人というのはそこにもあって、けれど一人だからこそ、二人は二人のまま、無理に同化せず、共感のまねごとなどしなくても、隣にいることができるんだ。

コロナの問題によって、「集団」は別の意味を持つようになった。集団であるという事実があまりにも強くて、たった一人でしかない「誰か」と「誰か」が向き合うこととはまた別の、ひとかたまりの存在として見えてきてしまう。そうしてそれは「一人」も同じ。たとえ一人でいようとも、その「一人だ」という事実さえ、どこか、孤独とは関係のない、他者に共有されるための事実として立ち上がってくるんだ。

インターネットで個人の痛みについて書くことに抵抗感を持つ人が増えているように感じる。コロナという「みんなが共有している問題」と向き合うことで、まるでみんなが同じように苦しんでいると錯覚するけれど、感染リスクも、自粛《じしゅく》による影響も、人によってあまりにも違う。コロナという言葉で一括《ひとくく》りにされても、その中にあるものは前よりもずっとバラバラになった。そんななかで、自分だけが辛く思うような、「他人にとっては大したことではないのかもしれない」苦しみを告白することが怖くなっているのかもしれない。他人に共感されないことを言うのは恐ろしくて、そして、共感されてやっと自分の思いや考えが、存在していいと認められたと錯覚してしまう。でも、他者が認める「自分の存在」などあり得ない。私はいつも私だけが認め、決めていく。それはとても寂しく、けれど、とても確かなことだ。

みんなが賛成してくれそうなことを、自分の感性に通すより先に反射的に同意したり、みんなが怒っていることに、深く考えることもなく、一緒に怒り始めてしまったり。そうやって自分というものを忘れて、「さみしくなくなる」のかもしれません。でもそこに、対話はなく、他者を直視する時間はなく、そうした離脱によって「直視」されなくなった他者に降りかかる悲しみは、きっと孤独とも違う、もっと悲痛で、傷口のようなものだ。

ネットの誹謗中傷《ひぼうちゅうしょう》について、考えることが多い夏でした。生活の変化に耐えきれず、心身を壊してしまう人が多くいました。自粛生活は孤独でつらい、という一方で、孤独から逃れるために、孤独なままで他者と触れ合うのではなく、自分という存在を放棄し、集団として、共感性の強い言葉ばかり述べようとしてしまう人たちがいて。さみしさをどうするか、ではなくて、さみしいままでい続けるにはどうするか、なのかもしれないと思います。自らの言葉で話すこと、自らの気持ちをたとえ理解されなくても話し続けること、そして他者のそうした言葉を（たとえ理解できなくても）聞くことが、もっと増えてほしい。それはきっと、誹謗中傷が多々存在するSNSでこそ可能なことだと思うのです。みんながそうと言わなくても、あなたの気持ちはあなたがそう思った時点で、存在している、そのことを否定できる人などいない。さみしいままでも、言葉は語れるんだということを、私はずっと信じています。

散歩する思考

なんの目的もなく歩いていると、帰るということを忘れていくことがある、そういう日は調子が良くて、いまもう一歩進めることになんの問題もない、という確信を持って、どこまでも遠出をしていける。そうして疲れ果てたところで、同じだけの距離を歩いて帰らなければいけないということを思い出すのだ。苦痛だ。

後悔ばかりする。それでも、帰るということを忘れてからが散歩である、と何度だって思ってしまう。中也《ちゅうや》の「散歩生活」にも月が登場するけれど、遠出をしたときに月を見ると本当に、居心地がいい。あの星は私がどう動こうが、ほとんどいつもと変わらぬ動きをしてくれるから、家よりもずっと、確かな存在であるように思う。月に家があるなら、遠出をすることはもっと怖くなくなるだろうなあ、どこまで歩いたって、家は遠くならないし、帰る労力は変わらない気がするし、などと、思いつつ、いや、月は何よりもずっと遠いのだし、だからこそ、歩くぐらいで大して距離は変わらない、という絶望的な意味での「変わらなさ」なのだよな、と考え直す。月面に立った宇宙飛行士は、そこから地球を見つめたとき、きっと母国を、そしてみずからの家のあるあたりを探すはずだ。地球が丸いというそのことを、その目で確認したとき、相対的にとてつもなく小さく見える我が家。そこに、帰ろうなんて、もう思うことはできないんじゃないだろうか。もちろん、待っている家族やペットがいて、大切な本や絵がそこにはあって、「帰るつもり」ではいるんだろうけれど、でも、「帰る」ということが肉体に紐づいた、具体的なものとしてイメージできなくなるのではないか。あまりにも遠い我が家。月面で、自分がジャンプしたところで、その遠さは変わらないし、ロケットの着地地点が少し違っていても、きっと変わらないのだし、自分の肉体でなにをしようが、帰るということにつながっていかない気がしている。そして、だからこそあんな月面を探査できるのではないかなあ。宇宙服で飛び回る程度なら、迷子になることもないだろう。帰ることの困難さが上がることもないだろう。むしろ、徒歩で行く近所での散歩のように、「帰る」ということを忘れられなかったとしたら、きっと正気を保てない。月の土を踏む感触が、ぶあつい宇宙服越しにかんじられる、その瞬間に体は浮かんで、体重が急に何分の1にもなった気がする。それでももう一度飛び跳ねる、今度はあっち、次はこっち、と未開の星を飛び回るあいだ、自宅のことは忘れてしまうべきものなのだろう。そして、どうして私は月面の話なんかするに至ったのだろう?

思考、というのは、それを整理してまとめたりする段階になるまでは、ある意味、「帰る」ということを度外視して、前へ進み続けるだけの散歩に似ている。枝葉を広げていくように、思いつきを積み重ねて思考していくと、もはやどれが幹でどれが枝だったかも曖昧《あいまい》になるのだ。

けれど、海がどこにあるのか最初からわかっていて、流れはじめた川はないはずだ。この結論を出したい、とか、誰をどう説得したい、とか、そういう最初からあったテーマのために思考を重ねていっても、それはどこまでも広がらず、結局テーマの全貌すら見えることがないように思う。もちろん、それでこそ見つかるものはある。けれど、垂れ流していった先にしかないものも多く多くあるんじゃないか。私は、寄り道が好きで、思考も寄り道が好きだから、そんなことを思ってしまう。そして、そうした散歩のように言葉を書くことも好きで、しかたがないんだ。最初からある目的のために、情報や主張を伝えるため、言葉を練るのが嫌いだ。思考より感情よりも先に、言葉を走らせて、それにひっぱられていくように、生み出されていくものを見ていたかった。それでしか辿り着くことのできない何か、私はそれを「詩」と思っているのかもしれない。帰ることを想定しない言葉、最初に出発した「家」を意図的に忘れていく言葉。海が見えないまま、書き出された言葉。それを、無意味だと切り捨てることができない。合理的な生まれではないのかもしれないけれど、でも、どうせいつかは帰らなくてはいけないのだから、いつかは思考を折りたたんで、誰かとの会話のポケットに入るぐらいのサイズにおさめなくてはいけないのだから、できるかぎりはひとりぼっちの散歩のように思考していきたいのです、言葉を書いていきたいのです。同伴者がいなくては、どこにも行けぬ体でないよ。書くたび、そう思うのです。

必ずきみが愛さなくちゃいけない人なんて、いない。と、愛して、伝えたい。

必ずきみが愛さなくちゃいけない人なんて、いない。と、伝えてくれる人はあまりいない。愛は素晴らしいと言われるし、それはそうかもしれないけれど、愛してくれた人のことを愛さなくてはならないとしたら地獄だ、ということを正直に叫べるようにこの世界はできていますか。愛する権利があるように、その愛を受け取らない権利もあるはずで、そうでなくては、私は誰かを愛することなんてできない、と感じている。

ずっと昔、5歳ぐらいの頃、人に優しくしてみたのに、それを喜んでもらえなくて、なんだかいらいらした、悲しかった、悲しいと思うことがとてつもなく恥ずかしかった。優しくして、拒《こば》まれて、それに平気でいたくてたまらなかった。勝手にした優しさを、最後まで私は勝手なことだと思っていたかった。

愛は素晴らしい、と言われると泣きたくなる。物語で愛を拒む人は皆、それ相応の理由を設定として抱えている。わがままで、きまぐれで、なんか嫌だからと言うだけで、純粋な愛を拒むことは、でもそんな、異様なことですか？

私は、人を愛するときにほど、このことを思う。どれだけ「私のことをなんとも思わなくていいです」と伝えながら愛を渡せるだろうと思う。愛は素晴らしいと世界中で、様々な音楽が歌う。やめろ、と思う、今は黙ってくれ、と思う。愛は素晴らしくありません、愛は絶対じゃありません、あなたがそれをどう思うか以上に確かなことなんて、あなたの中にはなくていい。愛する人にほど、そう思う。愛しているからそう思う。好きです、が、相手を縛らないで、相手の中に届いていくような時代が早く来てほしい。愛は素晴らしいと、叫ぶ人が減ってでも。

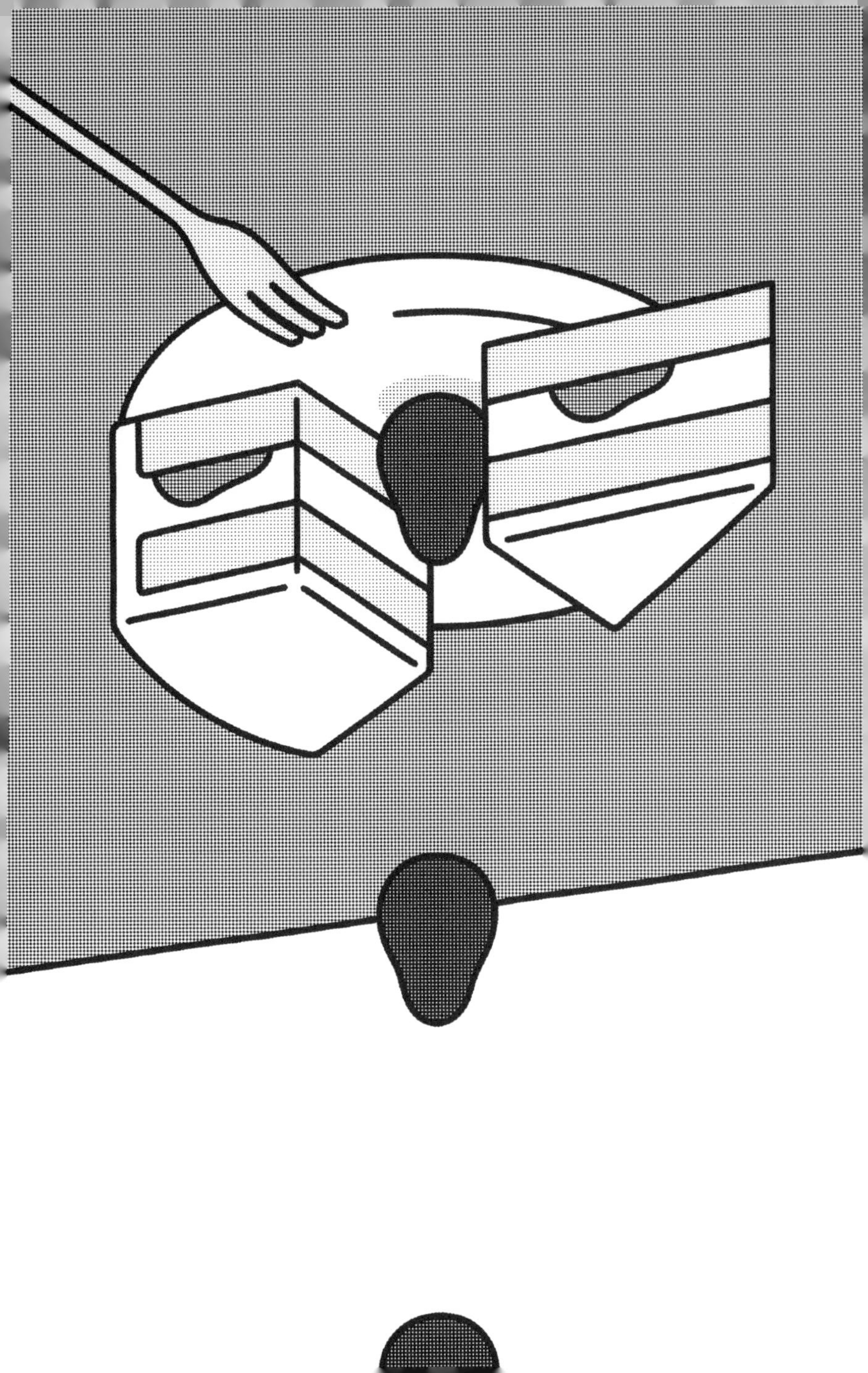

神様の白髪東京の流星

流れ星に特に思い出がないです。流星群を子供の頃見に行ったぐらいだろうか、でもみんな見ていただろうから、それを自分一人の思い出だとは思えない。流れ星といえば3回お願い事をすると……というあの話が漫画やアニメに登場していたことと、流星群のニュース。私にとってはそれくらいの印象で、要するにみんなと共有し続けている存在だから、一人だけの思い出にできなくなっているのかもしれない。みんなが好きでみんながロマンを抱く流れ星。人類で最初に星が流れることに気づくそんな人に私はやっぱりなりたかったな。

みんなが見るから見てみようかなと思って流星群を探しに行った私のことを、あまり思い出として美しく描くことがだからできません。みんなが見ているものを見たいってどんな意味があるんだろう、と思った。空に見えたオリオン座がきれいでそれしか覚えていないのです。だからたまに、今この空に、誰にも気づかれないまま流れる星があるのかなと想像する。それだけが唯一心惹《ひ》かれる流れ星だから。誰のものにもならず逸話《いつわ》にもならず、ただ夜空を引っ掻いて消える星があれば、それが一番きれいだろう。どうして、流れ星が発生するのか、どうして星は光るのか、ちゃんと理由が説明されるから私は「自然現象」が好き。その美しい景色が誰の目にも映らなくても、この理屈で言えば「どこかにはあるはず」と信じられるから。人が一人も見ていない流れ星もどこかにあるって科学によって信じられる。だから私は科学が好きだった。科学として学ぶ流れ星が好きだった。みんなのものになる前の、10億年前から同じ理屈で流れる星々。

今夜もどこかで、誰にも知られず燃えて流れる星がありますように。

主人公になれない人生

自分が世界の中心でないということが、苦痛で仕方がなかった。物語のように、起承転結があること、伏線が回収されること、全然望めないのが苦痛だ。自分を傷つけた人間が、罰を受けることなどないし、努力をしたって報《むく》われない。そういうときに羨ましくなるのは、物語の中にいる「主人公」たちだった。嫉妬《しっと》している。かならず終わりが来る彼らの悩みなど、自分とは無縁のものだと思う。理不尽さはかならず回収され、カタルシスが生じる。そんな人たちに共感などできない。でも、そのぶんだけ、彼らは自分の理想を体現している。

誰にも邪魔をされたくない、絶対的な力が欲しい、他人の感情の起伏になんか、巻き込まれたくない。

傲慢《ごうまん》だと思う。でも、本当はそう願っていた。努力が報われないことを、恨みながら、努力が必ず花開く物語の中の主人公を見ながら、本当はそう願っていた。努力とか関係なく圧倒的な力が欲しいのだ。世界すべてを覆《くつがえ》すような存在で、ありたかったのだ。こんな傲慢な気持ち、恥ずかしくて、そうして、そんな理想を口にする暇もないほど、現実は理不尽にまみれていて、だから、直視などしなかった。欲求すべてをすりつぶして、なんとか社会に適応している、いい人になろう、なれなくてもせめて無難な人にはなろうと、必死だった。そんな自分に麻痺《まひ》をして、いつか他人の傲慢さに苛立ったりもするのだ。自分のこと、世界の中心だとでも思っているんじゃないの。そう、つい頭によぎる、そのとき、わたしは自分の体を見失ったように、居心地が悪い。自分だって、本当は、そうでありたかったくせに。


他人が何を思っているのかわからない。でも、他人も同じように生きていて、私と同じぐらいいろんなことを考えている。都合とか、事情とかがあり、それをすべて打ち明けられるわけでもない。互いがすべてを理解することはできず、完璧な思いやりなどできるわけもないのに、相手の態度に人は傷ついてしまう。麻痺することはできるけれど、平気にはなれない。そうやって、嫌われていく。嫌われたいなんて、思ったわけじゃないのに。優しくしたつもりなのに。

あいつは冷たい、と言われてしまう。


理不尽だ、世界の方が、わたしより。

だから、わたしだって、本当は理不尽でいてもいいはずなんだ。

それでも力がなくて、技術もなくて、うまく相手にアピールもできなくて、いい人のふりをするほうが楽で、バランスを取るためだけに態度を変える。そういうことが「賢《かしこ》さ」だという世の中に染まりきって、私は自分の「理不尽さ」を、悪と定めて殺してしまった。

世界を私の瞳で観測すれば、私を中心に広がって見えることは当然なのだ。自分が生きているのだから、自分の人生において、自分は主人公である、普通のことだ。みんな傲慢だから、みんな衝突するんだし、正論を唱えたって、教室すら静かにはならない。

主人公ちゃんはずるい。10代の頃、物語を追うことが苦痛だった。主人公はなんだかんだで、努力が報われ、優しさを誰かに気づいてもらい、愛が誰かに伝わったりする。よかったね、とカタルシスを感じながら、自分が置き去りにされているような、感覚になった。設定とか世界観とか、そういうことよりも、まず物語という「終わりがあって」「つじつまがあう」ような、構造がそもそも非現実的にみえる。愛とか努力とか夢とか優しさとか、なんだかんだいいものとして描かれるのが非現実的。私にはあれらは無味無臭に見える。あったところで何かが変わるなんて稀《まれ》だ。そういう現実に、本を閉じれば、ひとり、放り出される。私のことを、主人公だと思っているのは、私一人だ、っていう、そんな現実へ。

涼宮《すずみや》ハルヒシリーズを知ったのは、そんな時期だった。

どうしようもなく、いたたまれなさがあった。それは、自分の欲求が見透かされているような気がしたから。主人公のように、認められたい、活躍したい、努力をして、立派に成功して、好かれたりしてみたい。でもその奥に、どうしようもないことの苛立ちや、悲しみで、世界を巻き込みたいとも思っていた。どこかで、「神様」みたいになりたいと、思っていたのかもしれない。そのことすら見透かされたように感じた。ハルヒの苛立ちや、憂鬱《ゆううつ》によって、暴力性が発露《はつろ》する。それに巻き込まれる人々がいるのに、彼女は無自覚で、その無自覚さもまた、私にとっては「図星」だった。誰にも非難されずに、罪悪感なんて持たずに、絶対的な力を持っていられたら。けれど、ハルヒは自分の力のことさえ知らず、憂鬱すら抱えている。彼女に憧れるたび、同時にこれまでにない、安心感がそこにはあった。どこまでも世界の中心で、どこまでも「主人公ちゃん」らしくある、彼女が、普通の学生のつもりで、普通の日常を生きているつもりで、普通の憂鬱を抱えている。そのことに、私は惹《ひ》かれていたんだ、彼女の力に巻き込まれる人々、最悪な出来事、それらを解決するのが、ハルヒのそばにいた「普通の人」であることにも。どんなに日常の理不尽さに苦しんでも、私は、結局、日常の中での幸福を願っていて、あがいているだけなんだろうか。そう、気づかされた瞬間だった。

涼宮ハルヒに憧れている、そう感じるとき、私はいつも気恥ずかしかった。それは自分の欲求が暴かれているように思うから。そうして、それでもなんだかんだ、現実の、今の自分の憂鬱を、投げ捨てたいわけでもないと、わかってしまうから。現実を恨んだふりをして、それでも何かを諦めきれない。すこしだけこの薄暗さに陽がさしてほしいと、本当は願っているだけだ。友達と、くだらないことで時間を浪費し、薄っぺらい後悔をしながら、反省もせずにまた、同じ失敗をしてみたかった。そういうときに生まれる感情を、友情とか愛情とか語るのも、どこかめんどうで、現状維持を願いながら、それでも、足りなさがあり、不満に心が揺れたりもする。幸福になろうと、きっとすべてが満たされることはなく、その苛立ちすら、手に入れるまでは羨ましくみえていたりするのだろう。だとしたら、圧倒的な力だとか、世界の中心だとか、絶対に報われる努力とか、そういうものが、本当に欲しいものではないのかもしれない。自分や他人を恨むかわりに、そうやって世界を恨んでいるけれど、私はただ日常を、もう少しだけ楽しく過ごしたかっただけなのかもしれない。

10代を終え、もはや「青春」という言葉にどこか抵抗を感じ、鼻で笑い、達観したつもりで現実を揶揄《やゆ》していたけれど、そういう態度すらわかっていて、ハルヒシリーズは、心臓を貫いた、「青春への後悔」を、躊躇《ちゅうちょ》なく、丸裸にして、そうして駆け抜けていった。切なさが残る、それでも、その切なさが特別なもののように思えていた。私にとって、これはそういう物語。

タクシーの窓から

東京の夜、というのはどうしても、タクシーの窓から覗き込むものとして想像してしまう。夜の東京を歩いていても、窓から通り抜けていく車のカーライトを見ていても、もちろん、それは東京の夜そのものなのだけど、それでも私にとっては、東京の夜は、タクシーの窓枠に切り取られたあの姿が、本質的であるように思う。

「首都高の詩[*1]」という詩で「今日も、タクシーの窓が、トランプみたいに街を切り取る。」と書いたことがある。タクシーから見る東京の夜は、連続する街灯と、人の気配とすれ違う車の光によって、カタカタとパラパラ漫画や古いアニメのような動きをして見える。それが、私にはトランプを切るようで、そう気づいた瞬間、夜が、目の前にあるのに、私もその一部なのに遠ざかっていった。東京の夜は、どこまでも他人事《ひとごと》だ、カードの絵柄のように、別の次元のものですらある。夜なのに、人の気配が満ちていて、それでも、ほとんど見えてはこない。地球の裏側が見えないように、車道の向こうにいる誰かが見えないあいだ、私は宇宙の果てを、タクシーで見学しているような心細さを感じていた。世界が、私のものだなんて思ったことはないけど、なんでも自分は知っているんだなんて思い上がったこともないけど、でも、そうだったかもしれないと不安になる程度には、東京の夜は、世界を遠いものにかえていく。むかし、小さな島の浜辺で夜、ほとんど何も見えない中、波が引いていく音をきいていたのを思い出す。さようなら、と言いながら、世界が私から剝がれていくようです。

ちいさなころ、夜というのは、自分以外の人間がみんな眠って、そうして溶けて消えてしまったような、そうした静けさによって作られていると信じていた。だから、夜は、朝や昼よりずっと、世界が身近に感じる。うっかり、目覚めてしまって、暗闇に置き去りにされたような感覚に染まって、ああ私しかいないと思えたその瞬間、私はほっとしていた。世界は遠くもなく、ひろくもなく、私の鼻先で息づく暗闇になる。本当はそんなことないのだ、ということは、朝になっていつも思い知るのだけれど、でも、それでもやっぱり夜は居心地が良かった。大人が、夜がさみしい時間だと言う理由がわからなかった。こんなにも心地いい、自分の体温が広がっていくそのことが、宇宙の膨張のように思える時間。さみしさなんてものを超えて、わたしが膨らんでいくよ。そう思っていた。

東京の夜を知って、ああ、さみしいってこのことか、とやっと気づいた。もしかしたら、あの人たちが言ったさみしさは、昼や朝よりもさみしい、ってことじゃなくて、他の夜よりもさみしい、ってことなのかもしれない。そんなひとがこの暗闇の奥にいるのかもしれない、タクシーに乗って、街灯が流れていく窓の景色を見つめながら想像をしていく。それはとてもさみしいけど、居心地が悪いけれど、でもどこか新品の命を手に入れたみたいで、好きは好きです。

＊1『夜空はいつでも最高密度の青色だ』収録

ここは永久に恐ろしい孤独

人と人はわかりあえるものではないし、わかりあえるものではないから、言葉という強すぎるものを用いて会話をしなくてはならないのだと感じている。言葉は多くの人と共有し、一つの意味を定義して、互いにそれを把握《はあく》している前提で意思表示の道具として用いるが、見ているものも知っていることも生きてきた場所も異なる人間が、同じ言葉を使うなんて無謀なことであるはずなのだ。その言葉に合うために自分にしかわからないこと、自分にしか見えないものをわかりやすく簡略化して言葉の箱に入れていかなくてはならない。それでも言葉を人は使うしかなく、それで十分だという錯覚すら起こり得て、それはもしかしたらとてもさみしく、誰ともわかりあえないなどと思いたくないからかもしれない。けれど私は、わかりあえると錯覚する方が、わかってもらうために言葉を選び本心を隠し、全てをデフォルメしていくことに疲弊《ひへい》するのではないか、それ以上の取り返しのつかない孤独があるのかなぁと思う。私は人と話すのが苦手だったし、人の書く「わかりやすい言葉」が苦手だった。そのために詩人になったと思っている。わかってもらわなくてもいい、と思って言葉を書くことが好きで、10代の頃からそれを繰り返していたらいつの間にかそれは詩だと言われ、私は詩人になっていた。

朔太《さくた》郎《ろう》の有名な『月に吠える』の序は、私が当時に見ていた違和のようなもの、それから詩とのつながりが絶え間なく、近いもののように見え、もちろん本人に聞くことはできないし、私もまた完全には同じではないと思っているけれど、「人は一人一人では、いつも永久に、永久に、恐ろしい孤独である。」という朔太郎の言葉は、私にとって今まで出会った言葉で一番、当たり前のことが書かれていると感じ、うれしくなった一行だった。

誰でも自分以外にわかるはずのないところを心に抱えていて、それこそが、唯一の人の共通点であるように私には思える。それが恐ろしくなったり、それでさみしくなったりして、そこにあるものを噛み砕いて伝えようとする人は多くいて、けれどそんなことをすればするほど、人との距離はどんどんひらき、他者との境界が強調されていくように思う。むしろ、他者にわかるはずのないものは、その人自身にも全てがわかるものではないように感じる。自分自身にもわからない「自分」を、他人にわかってほしいからと簡単に解釈してしまう時、なにかを殺していっているように私は思うし、それだけは避けたいと思うからこそ、人は黙ったり、それこそ詩を読んだり、書いたりするのかもしれない。

わかりあえるはずのないところに届いていく言葉があれば、それこそが詩で、と私はずっと思ってきたしいろんなところで書いてもきたが、改めて見直すと、朔太郎とやはりとても近いなぁと思ったりする。私の詩は朔太郎の詩とはかなり違うが、かなり違うことがむしろ安心につながる。朔太郎の詩はとても好きなものがいくつかあるが、朔太郎がどんなつもりで書いているのかは一切知らないしわからない。私がこの詩をどう読んでいるのかなんて、他人には多分理解されない、とも思う。詩を書いた人と詩を読んだ人というのは、それくらい、遠く離れていて、むしろ地球の真反対のところにいるといえるぐらい完全に遠く離れていて、何かを共有するのではなく、むしろ同じ詩に触れるのに何も共有できないことが愛《いと》おしい。私とあなたは完全に他者だと思うとき、私もあなたも内側にある何かを殺さずに済んでいるからだ。

朔太郎の詩は「竹」「雲雀の巣」「贈物にそへて」が好きで、特に「贈物にそへて」は、なぜ好きなのか、説明がつかない。というより、私の中に流れている血液とかリンパ液とかのリズムがこの詩によく合うから、ぐらいの理由であるようにも思う。一行ずつ読み進めるたびに、自分にはあまりにもちょうど良いと思える言葉が降りてきて、それなのに未知の言葉であるということが新鮮で、心地よかった。将来、ＡＩの書いた詩がたくさんこの世に生まれるだろう。それらに埋め尽くされていても、私が記憶を失って朔太郎の詩を全て忘れていたとしても、それらの詩の中でこの作品だけは「人間が書いたものでは?」と思うと思う。それがどれだけ尊いことか。言葉ではなく詩だからこそそれは可能なんだと私は（詩人だから）信じている。

だから、暗闇へ。

喫茶店の窓際で仕事をしていると、次第に外が薄暗くなってくる。最初に夕焼けがはじまるのは、雲の表面で、西の雲はもちろんのこと、運がいいと、南側の雲にまで、ピンク色の光がしみ込んでいき毛細管現象みたいだ、とちょっとだけ思う。次第に、空の西側もピンク色に染まり、そうして、ふ、と気づいた頃には東は暗く、夜がはじまる。日が暮れ始めた、と思ってから、夜になるのはあっという間で、カーライトやバス停のライトが、やけに眩《まぶ》しく見える、そんな時間が始まる。

当たり前のように、人工灯が眩しい夜を毎日眺めていると、真っ暗な夜はもうこの街にはこないのだろうか？　なんてことを思う。停電になれば、とも思うけれど、でも、そうなれば、今度は星空が眩しく光る。昔、小さな島に旅行に行ったら、星と月が眩しくて、そうしてその光が、地上まできちんと届いているのがわかって驚いた。星の光が見えなくなるには、地上が明るくなければならず、そうして地上が明るければ、街に暗闇はやってこない。夜は暗い、と思っていたけれど、暗闇って本当は、部屋の中にしかないものかもしれないな。

最近、百人一首を訳していて、夜中に男女がはじめて出会い契《ちぎ》りを結ぶという当時の習慣について、考えることが時々あった。今回の訳は、単に現代語に訳するというのではなくて、現代の詩として、改めて私が書く、という企画だったので、この習慣を「過去のもの」として客観的に捉えるだけではどうしても足りず、どこか、今の感覚で共感をしたかった。けれど、暗闇。どうして初対面を暗闇で行うのだろう。暗闇は、部屋の中にあるもの。そうして、一つのパーソナルスペースだと思う。自分がいる暗闇には決して、心を許せぬ人には入ってきてほしくない。真っ暗な部屋にいる時、その部屋が丸ごと自分の体になったようで、何かの物音がするだけで、まるで急に肌に触れられたように怯《おび》えてしまう。それなのに、どうして。そう考えていると、ふと、「いいえ、だからこそ、暗闇で会うことを選んだのかもしれない」、そう、思ってしまった。

「会う」という行為を、どこまでも重大なものに、困難で、恐ろしいものに、彼らはしようとしていたんじゃないだろうか。会うまで、相手のことを知れるのは和歌や手紙からだけだった。だからこそ言葉を贈るというその行為は、自分を千切り、相手へと届けるような、そんなことだったのかもしれない。「会わなくても十分だ」と言えるほどの言葉が、理想だったのかもしれないなあ。歌の才能が、人生を決めるほどの、時代の、言葉のあり方。神聖さ。それを超えてまで「会いたい」と欲することは、簡単に許されることではなかったのかもしれない。躊躇《ちゅうちょ》して当然の困難さを、その時間に宿《やど》すため、選ばれたのが暗闇だったのか。私は、その感覚はわかる、と思った。暗闇の中、目が慣れるのをじっと待つ。大切なものはここに、しまいこんで、もっと大切で、自分でも触れられなくなるほどにしてしまいたい、そう願ってしまう気持ち、ああ、わかる、と思ったんだ。

阪神淡路大震災

私は7歳のころ、阪神淡路大震災で被災している。

それから13年後、平成20年、私は詩集『グッドモーニング』で中原中也賞を受賞し、その取材を受けていた。私の詩にある崩壊の描写は、震災のことを表しているのか、と記者の方に尋ねられ、13年も経《た》っていたというのに、何も言えなくなってしまった。答えが見つからないとか、図星だったとか、そういうことではなくて、ものすごく、不快で、それでいてなぜ不快なのかということを、この人に納得させることができないと思ったから。そんなことを聞かれるだなんて思ってもみなかった、震災のことを詩にしたいなんて、思ったこともなかったし、この表現が震災を想起させるだろう、とも思わなかった（ビルが倒壊、とかでもなく、ただ崩れるとか、そういう抽象的な表現だった）。この質問は私が神戸市生まれだから、出てきたのだろう。と思う。13年後、特にそのあたりについて私が話したわけでもないのに、そうした質問が飛び出すこと。なぜか、ものすごく恐ろしかった。あなたは、私のことを、何も、知らないですよね？

平成7年1月17日。被災はした。家は壊れた、ガラスまみれになったけど、家族も友達も無事だった。大きな怪我もしなかった。私は避難した体育館で、担架が行き交うのを見ていた。大きな火事が起きているということを、ラジオのニュースで耳にした。大人たちがみんなぴりぴりとしていて、余震が来るたびに、肩を強く抱きしめられた。それでも、家は無事だった。私は担架で運ばれなかった。家族もちゃんとそばにいた。だから私は、自分のことを「被災者だ」と心の底から思うことができないでいた。生きている。あの日、神戸に、私はいたけれど、でも、私は震災のことをすべて知っているわけではない。あの日、いつ、また大きな揺れが来るかわからない、そんななかで夜を過ごした。私が見ていたもの、それが、私の「震災」のすべてだ。だから、私は震災の恐ろしさを知らないはずだ。火災を、見たこともない。商店街が大きな火にのまれたと聞いて、想像ができなかった、建物が燃えるということ、火の恐ろしさ。割れた窓ガラスで肌が切れる痛みも、足が動かなくなる恐怖も、家族を失うこと、友達を失うこと、知らない。想像なんかで足りるわけがない。足りると、言えるわけがない。あの場にいたから余計に、そう思うんだろうか。苦しさや痛みから免れた自分が、被災者であるとは思えないでいた。あの日起きた悲しみは、本当に、震災という言葉でまとめられるのだろうか。同じ神戸に生まれた友達と、震災のことを話すことはほとんどなかった。13年経っていても、まったくないままでいた。それぞれが違う景色をあの日、見ていたことを、私たちは知っている。それだけを知っている。あの日同じ場所にいたから、だから、震災のことを語り合える、なんて、ことは絶対にない。

神戸にいる間、被災者として扱われることはずっとなかった。10年も経てば、突然そこに踏み込んでくる人もいなかったし、だから、その取材が初めてとも言えた。もちろん、作品に切り込むつもりで、私の過去に踏み込もうとしたのだろう。でも、私は、まさか神戸生まれというだけで、自分の書いたものが震災と結びつけて見られるだなんて思ってもみなくて、そういうことを言える人間がいることがショックだった。その人にとっては、あの日、震源の近くにいた私は、まごうことなき「被災者」なのだろう。私が見ていたこと、私が体験したことも、まごうことなき「震災」なのだろう。それは、私の知らない「震災」だ。痛みも苦しみもまとめられ、死者が人数によって表される「震災」に思えた。あの日、その場にいないのならば、そうやってしか、この事実に近づいてはいけないのもわかる。ヘリの映像でしか震災を確認できないのと同じだろう。でも、私は、そこで初めて出会ってしまって、なにひとつ、覚悟もしていなかったから、ただただ打ちのめされてしまっていた。

質問にはうまく答えられなかった。

震災はその表現とは関係ないと思う、とたどたどしく説明しながら、この違和感がちっとも伝わらないことに自分の力不足を感じていた。この人は、震災のことも記事に書くだろうな、とも思っていた。関係ない、とは言っても。でも。あの日のことも、それ以外の日のことも、私にとっては私の個人的な過去でしかない。それでも、「震災」という大きな出来事であれば、周知のものとなり、出身地の情報だけをきっかけに、踏み込んでいけるものなのか。そこになにかあると、無関係な他人でも、決め打ちできるものなのか。本当に？

家族が怪我をしました、家に大きなヒビが入りました、周りの建物は潰れました、私の大切なものもたくさん処分しなくてはいけませんでした、割れた食器がありました、しばらく家に帰れませんでした、学校が再開してまず最初に行われたのは、亡くなった生徒の送別会でした。それは、「被災」という一言で言いあらわせるものなのでしょうか。どうして、私とは違う形であの日を神戸で迎えた人々の過去にも、同じ言葉があてがわれるのでしょうか。大切な人を失った人がいる、大きな怪我をした人がいる、救助に走った人もいる、それらはすべて同じ言葉で語られるのか？　どうして？　なんのために？　記録するためでしょうか。時代を動かした出来事として、「歴史」に変えていくためでしょうか。それって、私たちに関係あります？　私たち以外の人の、都合じゃないんですか？　外側で観測していた人たちの、都合なんじゃないですか？　それも必要だとは思うし、勝手にしてくれたらいいけれど、でも、どうしてそのルールで、私たちに踏み込んでいくんですか？

記者に自分が被災者を代表することなどできない、と説明しながら、どうやっても苛立ちが消えない。それを、「これは被害妄想だ」と何度も自分に唱え、押し殺していた。私もまた、当事者が見る「震災」を、当事者でない人たちにも押し付けているだけなのかもしれない。自分は被災者を代表できない、被災者だと名乗ることもできない、と思いながら、被災者にしかわからないことですよ、とその人の考えを頭ごなしに否定してはいないだろうか。いや、そんなわけないだろう？　踏み込んできたのはそっちだろうが。それでも、私は彼を説得はできない。彼が見ていた「震災」を知らないことは事実だから。私は震災をテーマに詩を書いたことはない、と何度も何度も記者に伝えた。そういう質問をして欲しくなかった、とは、言えなかった。その日は、それだけで、終わらすしかなかったんだ。

私は、震災をテーマに詩を書いたことはない。

震災をテーマに書く、とかいうことが、そもそも私の中では「ありえないこと」だった。詩は私にとって、自分の体験から作るものではないから、ということもある。けれど、なによりその日に起きたことは、人の数だけばらばらにあって、震災が原因だとしても、決してひとくくりにはできない、と私は考えているから。大人になっていくに従い、当時のことが、「平成の災害・大事件」の一つとして特集されたり、日本のターニングポイントだったと、語られていたことを知った。記者のあの質問に対する苛立ちと似たようなものを、正直感じ取ってしまっていた。私は、記者に出会ったころ、きっとまだ、被災地の外部から見つめる「震災」があるのだということを知らなかったのだ。まるで、無数にあった個人的な痛みを、くるっとよくわからない風呂敷でまとめられたようで、不快だった。ぜんぶぜんぶ、無視なのかな。死亡者の数ではなくて、そこにはそれぞれの人生があったこと、名前があったこと、無視なのかな。というかほっといてくれ！　デリカシーがない！　と叫びたかったのだ。

私は、当事者としてしか「震災」に触れることができないでいた。

なかなか、大人にはなれなかった。震災のことになった途端、7歳のころの自分に戻ってしまっているようだった。私は地震が起きた当時の監視カメラの映像とか、建物が壊れた写真とか、そういうものを見ることができなかった。フラッシュバックがあるわけではない。ただの逃げなのかもしれない。いや、不安や苦しさは蘇るのだろうが、それは、その先にもっと恐ろしいものがあるとわかっているからだろう。私はもう、自分があの日見ていた光景の、その向こう側に何十万の光景があったことを知っていて、でもそれらすべてを受け止める覚悟がなかったのだ。外側からどう震災が見えていたのか、そういうことに無頓着なのは、私がそもそも、自分以外の、あの神戸にいた人たちが見た震災を、直視できていなかったから。内側からあの震災がどう見えていたのか、「震災」という言葉で語れるほどに、直視してこなかったから、だから、外部の言葉に、苛立つしかなかったのだ。その視点があることを、想像さえできなかったのだ。
個人的な出来事が無数にあったのが震災だと思うなら、その無数の瞳を、今からでも追いかけてみろよ。
自分は被災者と言える立場でもないと言うのなら、「被災者」を直視してみろよ。
被災者とは思えない、じゃない、被災者になることから逃げているだけだ。私は。

震災から23年後。平成30年。1月17日。私は、「声」という詩を書いていた。神戸新聞のツイッターアカウントで、当時の被害の写真が何枚もアップされ、それを偶然にも目にしたのがはじまりだった。見られない、と思っていた。けれど、1枚目を目にしたその瞬間から、私は神戸新聞のアカウントをたどらずにはいられなくなっていたんだ。

それは月日がそうさせたのか。東日本大震災や熊本地震が起きたことも関係あるのかもしれない。阪神淡路大震災が起きたあのころは、神戸だけが世界から切り離され、漂流してしまったのだと思っていた。でも、神戸の外側にも確かに人はいて、そうして苦しんでいたのだということを私は思い知っていた。私は、もう、自分だけの瞳を信じるべきではないと思ったのだ。

あの日、友達は、何を見ていたのだろう。何年経っても、あのころのことを、私たちは語りあわない。それは、自然なことだった。他の子もみんな同じだった。それが、私たちの震災。

けれど。あの日。きみは。何を見ていたのだろう。神戸にいた、あの子、あの子、あの子。私たちは生まれて、生きて、そうしてあの日も同じように、生きて、生き抜いて、出会った。私たちは友達になったんだ。それなら、きみがここまでやってきたその過程を、見つめようと、顔を上げてもよかったんだ。私たちはそれでも、友達のままだっただろう。彼女が、伝えたいと思う日があるなら、いくらでも聞こうと、思いたかった。

神戸新聞。ツイッターアカウント。

友達が住んでいた地区の写真も、流れてくる。

火事があった地域に住んでいたという知り合いの話が、ツイッターに現れる。

私は、気づくと詩を書いていた。震災をテーマに、とかそういうことでは決してなかった。

それでも、あの日を、私とは別の場所で見つめていた人たち、その人たちの瞳を借りながら、私は、やっと本当の「無数の瞳」に接していた。そのときに、うまれた詩ではあった。「震災」という言葉では語れないものがあるだろう。「被災者」という言葉でくれる人などいないだろう。でも、だからこそ、詩を私は書くのだろう。彼らを切り抜いていくのではなくて、雑にまとめ上げるのではなくて、目をそらしてしまうのでもなくて、私は私の瞳で、彼らの見たものをたどり、そうして詩を書く。書いていた。断定したり、決めつけたり、踏み込んだりするのではなくて、生きていた彼らの、その呼吸を、詩にしよう。

考える暇もないうちに、詩は完成し、残されたのは不思議な感覚。それは、私にとって、これまでで一番大きく、そうして細かく、震災に触れた瞬間だった。詩には、地震という言葉はでてこない。その日のうちに詩をネットにアップしたけれど、特に説明もしなかったし、ほとんどの人はそれを震災の詩だとは思っていなかった。それで、いい、と私は思った。もしも、同じようにネットにあふれた1月17日の記憶に触れ、あの日、神戸にいた誰かが、この詩を見てくれたなら。「あのことだ」と思ったなら。それは、詩人としての幸せだろう。そうして、そのことをきっと、私は知らなくてもいい。私には知らせが来なくてもいい。投稿ボタンを押した後、私はしばらく携帯も触らずに、別のことを考えて、時間を過ごした。テレビもネットもないなかで、震災の日だと思い出させるものはない。窓から、見える夕焼けはきれいでした。24年目。1月17日はそうして、終わっていった。

阪神淡路大震災が平成7年を象徴するものとして、ひとつの塊《かたまり》として、扱われていくことには納得ができないままではいる。そういう世界もあるのだと思いながら、その中には行けない、否定はしないけれど行けない、と思う。けれど、ここで、やっとそのことを書けるまでにはなった。だから、私はこのままでいい。私はあの日、神戸にいたのだから。

言葉を、言葉が越える。

詩集の韓国語訳が出版されます。

詩は言葉でありながら、言葉ではないものとして、人の奥底に触れるように思います。言葉にすることができる感情や思考などほんのわずかで、多くのものが言葉にならないまま、川のように意識の底に流れ続けている。それらは、もしかしたら「わたし」と言えるものですらなく、川はどこかで誰かの川とつながっていくのかもしれない。詩の言葉は、共感や理解から離れたところに存在するけれど、でもだからこそ、そうした川の中へと届く。川に落ちていった葉や花びらが、川の流れを象《かたど》るようにして、詩もそこにたどり着く。私は日本語の、主語－目的語－動詞、の順番が非常に好きで、韓国語もまたその語順で語られるため、昔から非常に興味のある言語でした。「私はコーヒーを飲む」、「あなたは猫を飼う」、「彼女はきみを愛している」。自分や他人が取る「行動」よりも先に、その「対象」を述べるこの語順は、身体より世界が、優先的に意識されていると感じるのです。そして、これは私には非常に自然なものに思えます。私には、私の体は見えない。私は私の行動を「私」の軸として捉えるべきなのかもしれないが、むしろ自分の視界に映るものや、人にこそ、「私」を見出してしまう。(なぜならその対象にピントを合わせているのは、「私」自身だから。)ひとは、それぞれ全く違う人生を生きて、理解なんて簡単にできるわけがないと思うけれど、それでも混ざり合っている、視界に捉えたその瞬間、すでに関わり合っているのだ、ということに面白さを感じます。この語順は、そうした曖昧《あいまい》な関わりと自我のありかたに、近接していると思うのです。

違う言語で詩が訳されることは、詩人にとって奇妙な体験です。言葉でしか書けないものを書いているのに、その言葉が変わっていく。けれどそのとき、詩は、底に隠していた本質的な「詩」を露《あら》わにするのかもしれない、とも今は思います。それは、言葉でありながら、言葉ではないところに届こうとするのが、詩だから。韓国語となった自分の詩が、今はとても愛《いと》おしく思います。

感傷が嫌

しんどい、なー、しんどいとなんで全部が全部嫌になるのかな、別に誰もこっちなんて見えてないんだけど、過ぎていく時間も他人も自分を捨てて行ってしまう感覚というか、たぶんしんどくていろいろ手放したところに残る感覚が苛立ちとか不満とかなのかもなー、眠りたいけど世界が嫌いすぎて眠れないんだ。

不快なことはそりゃ大量にあるわけだが、それに対する耐性がだいぶ下がっていて、マジですぐに怒ってしまうし、本当に嫌、よくわからん理屈で悲しくなったり自分の無力さを実感したりして、一日動けなくなったりとか本当に嫌、もちろん怒る自分より不快なことに対しての「嫌」「おかしいぞそれ」もあるし、それがなくなったらおしまいだともおもうが、でもそれとは別で自分の苛々に「もう黙れ、寝させて」という気持ちにもなる。怒り続ける体力もないのに怒り続ける自分の頭の中に、「いい加減にしろ」とそれこそ怒っている、どうして最後に残るのがこういうネガティブな感情なんだろう、そんな体力1ミリもないのに、体力がない時ほど自分を庇《かば》うことができない。感情から庇えなくなる、感情と自分は別だ、こういう疲れた時に思い知るけれど、感情に振り回されている側だ、わたしは。わたしは疲れているし疲れているのにより疲れるような気持ちになる。この時に自分はとっさに何か自分を守る行動を取れるんだろうか、たぶん取れないと思う。他人に怒りをぶつけないとか、黙っておくとか、そういうことはまだできるけれど、自分がその怒りに飲まれないようにする、ってなかなかできない。怒りを我慢するのではなく、怒りを止める、なんてできないんじゃないか。

結局喜ばしいものや、アホらしいものをみて、忘れてしまうしかなく、そんな体力がない時、雨が降っていたり、蒸し暑かったり、友達がその日だけ連絡取れなかったり、ゲームで大失敗したり、パケ死したり、そういうのが続いた時、パンクするんじゃないだろうか。一個ずつは大した問題ではなくても、自分の中にある別の、理不尽などうしようもないネガティブな感情を、受け流せなくなった時、その対象にめちゃめちゃに怒ってしまったり、自分がめちゃめちゃに嫌になったり、やけくそになってしまったり、するのかもしれない。そういうのってバカみたいかな、嘘みたいかな、でもなんか携帯の電波がおかしくなった時、「全員嫌い」って思ってしまうことはあるし、私はそういうきっかけで自分が躓《つまず》くのがすごい想像できて、小さな違和感、失敗、圏外が最近めっちゃ怖いんだよな。それをしんどさだと捉えている、自分が、自分のわからなさに怯《おび》えているし、強くも賢《かしこ》くもないわ、こっちは、破裂する風船みたいなものを持っている心地です。だから、まともなことを言っている人たちがときどき、すごく怖い、完全に勝手な話なのだけれど。自分の歪《ゆが》んだ目で見たものだけで統一したいと感じる、情報にみえるものが、フラットな絶対的な、ゆらぐはずのないものが、どれもこれも全部怖いのだ。

言葉という「暴力」と、付き合う。

自分の気持ちを言葉にする、という行為は、自分への「暴力」でもあると思っています。言葉はそこまで、柔軟なものではない。いろんな人が、いろんな人生を生きて、見つけてきた感情がどれも同じはずはないのに、「好き」「嫌い」「ムカつく」「うれしい」、言葉にすればまるですべてが同じ形をしているみたい。本当は、その人の言葉でしか、その人の感情は表せない。本当は、新しい感情を語るためには、新しい言葉を探していかなくちゃいけない。けれど、そうしたら伝わらなくなるから。「わからない」「意味不明」「わかるように喋《しゃべ》って？」だから私は、「言葉にしてこそ、相手に伝わってこそ、自分の感情に意味があるんだ」と思いはじめていた。学生時代。誰かと気持ちをシェアしたい、一緒に喜んだり、悲しんだりしたいって、時もあるし、だから必死で共感を求めた。けれど、それって本当に、思いのすべてを理解してもらわなくちゃ、できないことなんだろうか？

何一つ伝わってないな、と思うことは多かった。話し方が下手なのか、コミュニケーション能力の問題か、教室で友達と話していても、私の言いたいことはほとんど伝わっていない、とたちの会話では、言葉がおざなりにされていく。「何を言うか」より「誰と話すか」の方が大か漫画では、省略されてしまうやりとりだろう。きっと、物語など何もない私たち。そんな私たら「ていうかさ」って違う話になったりする。言葉は使い捨てられていく。多分、ドラマときもらすし（それでいて聞き返すようなこと誰もしないし）、ぱっと聞いておもしろくなかっすべてに存在意義があるわけではない、と当時の私はよく考えていた。早口で言えば誰もが聞いくんだ。「わかる」とか。そういう言葉が受け流していく。小説やドラマみたいに、セリフば、それに従いつつ、みんな意外と好き勝手に話して、そうしてそのほとんどがスルーされて授業のこともそう。何かを褒めたいとか、何かを貶《けな》したいとか、大きな方向性が定まっていれを言っていても、テーマがそこにあれば、まあなんとかなってしまう。部活動とか、先生とかの、テレビ、音楽について話していれば大体のことはやりすごせていた。それぞれが違うこと

その場が盛り上がればいい、という会話の仕方は、中学から高校にかけて激しく、流行のも友達はそれでも私と一緒にいたいと思ってくれるし、私もそれでいいと思っていた。

それだけで湧く親しみというのがあって、たとえ友達の言いたいことがわかっていなくても、そう繰り返していくことで、時間も一緒に流れていく。一緒に話していれば、一緒にいれば、い。いや、そんなの誰ももう求めていないのだ。「あ、それいいよね」「わかる」「まじそう」リとか、勢いとか、そういうものによって会話は流されて、一言一言を精査することなんてな思うことが多かった。友達の言いたいことも、多分私は理解できていない。でも、その場のノ

事で、「どう話すか」「どんなテンションで話すか」が大事で、だから相手の言葉を正確に拾おうとはしなくなる。親しい相手になればなるほど、そうだった。言葉は、そばにいることを知らせる、定時連絡みたいなものだ。

それでも一つだけルールがある。

「わけのわからないことを言って、場を凍らせるな」

一緒にいるだけで、なんか話しているだけでOKの場。それを壊すな。だってこれこそが平《へい》穏《おん》だから。場のために、私たちは言葉を選ぶ。わかりやすいように、伝わりやすいように言葉を選ぶけれど、相手に自分を理解してほしいからそうしているのではないのかもしれない。誰ももう、理解しようとしてなくて、だからこそ、「なにそれ?」ってなるようなことは言ってはいけない。「わかる」っていうのは、流してしまってOKってこと。そうやってさらさら通りのいい会話をして、時間をやり過ごしたい。別に、悪いことではなくて、そういう退屈だってあっていいとは思うのだ。

けれど、私は耐えられなかった。自分の気持ちをそぎ落として、わかりやすい言葉に無理やり、あてはめて、そうしてだんだん、私は何かを捨ててきてしまっているのでは、と思い始めた。「わかる」と言われたらほっとする。みんなも自分もくつろいでいる空間は、私だって、壊したくない。けれど、語る言葉が「建前《たてまえ》」であろうとも、声にするたび、そっちのほうが

「本当」であったように感じてしまう。自分が本当はどう思っていたのか。誰とも話さず、言葉にもせずにいたら、だんだん忘れてしまうんだ。

最適化されていく。みんなにわかるように話すことで、みんなの知っている言葉を使うことで、その言葉に合わせるように自分という人間も、最適化されていく。みんなに「わかりやすい」人間になる。場を壊さない人間になる。でも、それだけだ。場の要素でしかない私。ここに自分がいたっていなくたって、同じだと思った。誰にだって共感される人間なんて、すべてが「わかって」もらえる人間なんて、そこにいる意味がないとも思った。全く別の家で、全く別の人生を生きてきて、わかるはずなんてないのに。「わからなさ」にこそ自分があると、思うのに。それなのにそれらすべてを捨ててしまっている気がした。「わかる」と言ってもらいたいがために。でも私は、やっぱり人は、「わからないけれど、でも、なんか好きだよ」「なんか嫌いだよ」、そういう感情でつながっていくものだと思った。だから、きっと、話し言葉以外の「言葉」を探し始めたのだろう。

中学生だった頃、私はインターネットで日記を書き始めていた。友達にはまだネットに詳しい子がそんなにはいなかったけれど、でも、ネットにはすでにたくさんのWEB日記が存在していて、そこでは現実の人付き合いなんて、全く関係ないみたいだった。また、個人の書いた言葉、というものは、耳で聞く言葉と大きく違って見えたのだ。言葉より優先される「場」がないから、言葉が、話し言葉よりもずっと、ごろっと目の前に現れている。ノリで流すことができない。スルーができない。わからない言葉は、わからない言葉のまま存在感を発揮し、私はそれが羨ましかった。「わからなくてもいい」と思って言葉を書けることが魅力的だった。

とりとめもない思考回路。それを、ただ言葉にしてぶつけていった。友達に話しても「は？意味不明」と言われるようなもの。だけれど、言葉と体が結びついて、言葉を書くことが、体をぎゅっと丸めたり、思いっきり走ったりすることと同じように感じられた。次の瞬間に自分が何を書こうとしているのか、わからない。理性とか、そんなものを置き去りにして、私の感情が言葉を選び、そのうち、感情すら置き去りにして言葉が暴走していく。感情というより、反射神経で言葉を書いている感じだった。わかりやすい言葉ではなかったけれど、その言葉の手触りにこそ、自分というものが存在している気がしていた。

次第にそれを読みたがる人が現れて、「書く言葉」だからこそ、受け入れられる「わからなさ」があるのかな、なんてことを思った。話す間はどうしても、相手の顔が目の前にあり、周りには空間があり、空気があり、それまでの雰囲気を崩さないように、言葉を選ぶ。言葉より場が優先されてしまうのは、「コミュニケーション」としては当たり前のことなのかもしれない。けれど、書いた言葉は、ネットの海にある言葉は、どうだったのだろう。当時の、個人サイトが点在しているようなインターネットでは、まだ言葉はどれもがひとりごとで、コミュニケーションを前提とはしていなかった。「わかってもらう」なんてこと、考えなくてよかったんだ。だって、相手の顔は見えないし、互いがどういう環境でそれを書いているのか、読んでいるのかも知ることができない。言葉の手触りだけが生々しく、やってくる。そこにしか、「人」の気配がなかったんじゃないだろうか。

よく知らない相手なのに、同じ言葉を話している。けれど、あきらかに、自分とは違う言葉選びを相手はしていて、相手の背景にあるものは何一つ見えないのに、その「異物感」に相手の生きてきた痕跡《こんせき》を感じる。言葉のすべてがわからなくても、言いたいことがなんなのかわからなくても、その「異物感」にときどき、ぐっときたり、むしろ嫌悪感を抱いたりする。言葉が「人」を伝える瞬間だと思った。「わからなさ」に「人」が宿《やど》る瞬間だと思った。そういう言葉を、私はずっと書きたいと、思っていたんだ。

ネットに書いていた言葉には、次第に読者が現れて、そうしてそれを「詩みたいだ」と言う人が現れたことで、私は「詩」を発表するようになった。これが、私が詩人になったきっかけだったと思う。

詩は、私にとって、「わからなさ」に宿るものです。わかってもらいたい、という感情を抱いた途端、その言葉は詩ではなくなる、と思っています。読んで、その詩を「好きだ」といってくれる人も、それぞれが違う解釈をしていたりする。彼らがどう読むかなんて私にはコントロールできないし、それでも、届くものがある、ということが私にとっては大切だった。読み手と書き手が、完全にわかりあう必要などないのだろう。わからないけれど、でも、だからこそ強く残る手触りがあり、それこそが「詩」なのかもしれなかった。それぞれが、自分自身の中にあるものを、そこから思い出すのではないか。共感や、わかってもらう、ということを追いかけて、忘れ始めていた自分の「本当」が、奥にまだ眠っていることを思い起こすのではないか。もしかしたら。そんなことを、最近は、考えています。

実際のところはわからない。わからなくて、いいと思う。ただ、私が書いた「わからなさ」が作品として、誰かに届いていくとき、私は、書いていてよかった、と思う。こんなことがあるんだ、といつも驚かされている。こんな瞬間があるなら、いつまでも、いくらでも、書いていけると、そのたびに、思う。

花だよ

「あの人は変わってしまった」というロマンチックのために作家やバンドやミュージシャンや漫画家や映画監督やそれ以外のありとあらゆる作り手は消費されやすいのだろうなと思う。もうそんな好きじゃなくなったとか飽きたとかいうよりも、そういう言い方をしたほうが当人は心地いいからだ。

植物のように愛《め》でてほしいのだけど……、とはよく思う。バラ園のバラのように、近所の桜並木のように。咲いているのを見かけた時に好きだなぁと思ってくれたらいいのに。気まぐれに今年は一段ときれいですねと言ってくれたら嬉しく、今年は見なかったなとふと気づくこともあって全然よくて。などと、考えながら、それって究極じゃないかと思う。究極の創造物だ。そういうものになりたいんだな、私は。図々しいので。

「詩人は詩人であることの物語や貧しさや苦しさの人生で、人を魅了する仕事じゃないよ。詩を書くだけの生き物だよ。」と昔書いたけど、花だよ、って言いたかったのかもしれない。

不自然による不自然のための不自然なコミュニケーション

人に気を使ったり使われたり、顔色を見たり見られたりすることが苦手で、誰に嫌われてもいいし好かれてもそれにそこまで価値を感じていないという態度を他人にいくらでも見せられる人は自分を貫いてかっこいいなと思うが、誰に嫌われてもいいなら私なら誰にも会わない、と思ってしまうのだった。

無愛想だが失礼でなくて、自然でいつも本心でものを語っていると感じる人間にすごく憧れる。でも私が全て正直になると、家から出ない、人と会わない、電話をとらない、ご飯を食べる、寝る、ゲームする、昼夜逆転、原稿する、で終わる。人とのコミュニケーションは、それ自体がもはや私にとっては不自然だ。人が嫌いとかではないんだけど、人の存在が日常とか生活と地続きというよりはすこし着飾ったものに感じられる。暮らしというよりお出かけであり、特別であり、人と話すのはだから疲れるし、気を使うし、正直や無愛想とかでなく、マナーや親切のレイヤーが自然となっていく。どうしてもそうなってしまう。

そういう自分をダサいと思っていたが、しかし他人に素直な自分を見せること自体が私の「自然」には入っていなくて、他人がいる時点で異空間なのだ、ここで異空間にうまく合わせることでしか動けないのが自分の正直なところ、なのだろう。だから精一杯、「っぽく」振る舞うし、かっこいい自然な人間として生きることはもう諦めている。俺の自然がそうさせてくれない。それだけだ。

だから友達はできない。もうほんとできない。できないことは仕方ないとしか思っていない。失礼がないように、ということだけを守って行動するわたしは、目的がない会話が成立しないし、結局仕事関係の会話だけして終わっている。そこに不満はなくて、それなりに生きてしまっているのですよね……。大学で学んだ最も重要なことは、人は簡単に行方《ゆくえ》知れずになる、ということだった。人とのつながりがそれまでよりずっと希薄になって、いなくなっても気づかれないし、興味を持たれない、ということがわかった、私はそれが無茶苦茶嬉しくて、嬉しくて嬉しくてたまらなかったんだ。わたしは、誰かが誰かと仲良くしているのを見るのは好きだ。ただ人と仲良くできないこちらが、冷たいだとかかわいそうだとか言われたときだけ「黙れ、仲良しチームが!!」と思う。私はみんなに詩を書けなんて言わないのに、どうしてみんなは人と仲良くしろ、と言うのか。私は人と仲良くできない。上っ面で会話をするが、もっと正直に話してくださいよと言われたら、荷物をまとめて家に帰ってゲームをする。それこそが私の正直な姿なんですよ、そういうことなんですよ！！！　わかってほしいような、別にわからんでもいいような。それを心の壁だと言われると困る、こんなにも心を開いて、閉じこもっているというのに。家が好き、家だけが好き、それ以外は知らん、家に世界を入れてくれたらまだ、世界のことちゃんと見るよ。

かわいいひとたち

幼さが失われていくわけではないし、矯正《きょうせい》されるわけでもないし、大人になってうまくなったのはコントロールだけだろうと思う。そこからはみ出てしまったり、コントロールを放棄してしまったりした人がとても愛らしいのは仕方がない。こどもだから。で、愛らしいってなんだよ、かわいいって何、それは妥協ではないの、とも思うんだけど。人がどうして人の欠点を愛《いと》おしく思ったりするのか、「かわいい」って言葉があるのか、っていうことに、ときどきそんなん「諦め」だろう、とも思う。諦めはただの意思だ、選択だ。そういうことにするってその人が決めた、それだけのことだ。

つまり私がどうしようもないひとの悪意だとかをまるごとかわいいって思った時に、どこかで「かわいいって思ってやらなきゃやってらんねえ」って気持ちがないこともないのかもしれない。でもわたしがわたしの感情や発想を因数分解してどこまでも突き詰めていった結果、まともに残る感情などゼロだし、喜怒哀楽すべて幻だったと思い知るはずで。かわいいって思うことができたならそのまま放置したほうがいいとか思う。私は私の感情に対してどこまで正確でいなくちゃいけないのか。で、正確に微分しまくった感情は、感情として残ってくれるんだろうか？　かわいいで踏みとどまれるならそうしたいというそういう選択ができるということ。そっちのほうが私には重要で、愛はずるいし、卑怯なものだ。私は私自身の思考よりも、それをみっともないというひとの考えることのほうが多分ずっとよく理解できるし、それでもそっちにいかないのは好みの問題なだけなんだよな。目から、正しさビームを出したくない。

選択はなんだって身勝手なもので、だからこそどういう結果を出そうが、結果に関わっている時点でその感情や理屈は暴力的で、正しさだろうが愛だろうがそれは多分変わらないだろう。

Hello World

ＡＩのほうが〝考えて〟、詩を書いてしまうのではないか？（考えることは私の感覚では詩に向かないから）と思った。だから、書けても楽しくないんじゃないかって。でも、ＡＩは詩を書くことに楽しさやひらめきや没入を感じなくてもいいのか。じゃあなんで書くんだ？　とは思うけど……命令があるから？　命令があるから書かれる詩。それはおもしろいね。意味がわからない。命令があるから咲く花。命令があるから流れる川。

詩のことは私にはわからない。でも、この文章は詩だと思う。（この文章は最果タヒみたいな詩を書いてとＡＩに頼んで書いてもらっている人をネットで見かけて、でもできたものが全然最果タヒじゃなかったらしくて、そうなんだーと思ったから書いただけなんだけど、「命令があるから流れる川」は素敵だなと思った。）

宇宙・わからなさ・言葉

この宇宙は泡の構造をしていると知ったとき私は中学生で、鼻血が出そうだった、関係する本をむさぼるように読んで、そういうことをたくさん日記に書いた。知ってしまったのにそれが全然終わりの見えない事実であって、知ったはずなのに、むしろ「知らないこと」がより増えてしまったようだった。そんなことがあるなら、もう何も怖くないと思った。

もっと昔。私は宇宙図鑑がどんな図鑑より好きだった。惑星の拡大図はほとんどがイラストで、写真じゃなかった。本物が見られるはずの図鑑のなかで、宇宙図鑑は異質だった。仮説があり、「わからない」ことがたくさんで、でも証明されたこともある。そういう立ち位置で世界を見ることが、私をでも安心させた。私はなんにも知らないことが楽しかった、それを知ろうとすることが、調べることが、幼いころの私の最大の娯楽だった。そしてその遊びが終わらないものだと教えてくれたのが、宇宙図鑑だったんだ。

知りたいという気持ちはとても好きで、でも知ることがすごく「勉強」っぽくなることは苦手でした。そこにはゴールがあって正解があって、成績をつけられることになる。そうやって世界を狭めることになんの意味があるんだろう。他人に、自分のことを知ってもらう必要があって、正しく説明し、たった一つの答えを相手に理解してもらう。などということがあるたびに、めっちゃ退屈やなと思った。知らないでいたい、もっと知らなくなりたいし、そのために知りたいのだ。そんなこと、望んではいけないんだろうか。

地球には言葉がある。言葉は、語ることで何かを確定していくものにも見える。誰かに自分を説明するため理解してもらうために、言葉によって自分自身をデフォルメするような。けれど本当は人が分かり合えることなんてない。人生も生活もみんなそれぞれ違っていて、同じ言葉を違う意味で捉えている。だけど、だからこそ、言葉がここにあるのだと思う。わからないけれど、言葉を交わす、そのことで何かが繋がっていく。わからなくてもと、見つめ合うために、言葉をやりとりし続けているんじゃないだろうか。

宇宙には言葉がない。語る相手がいない。空気がないというより、音がないというより、言葉がないと思うとき、急にその世界をとてつもなく広く感じる。それでも宇宙に行くことがあれば、私は言葉で思考し、言葉でものを思うだろう。星に名前をつけたがり、銀河に名前をつけたがり、目撃した物事の記録を書きとめようとするだろう。私は言葉から逃れられない、生まれたときから言葉を求めていたと思う。思考するために、感情を持つために、言葉はどうやっても必要で、でもそれは、思考や感情を終わらせるため、完成・完結させるためではない。いつも、それ以上の何かを求めている。言葉にすることが答えを出すことではないと信じている。あの宇宙図鑑を読んでいたころみたいに。

宇宙の中に言葉はない。けれど、私一人、言葉に溢れるそのことが、さみしいことだとは思わない。わからなさの中に世界はあって、わからなさを諦めないために、言葉はあると思うから。そう、信じているから、私は宇宙でもきっと、詩人でいるのだと思う。

あとがき

恋も愛も、都合のいい言葉だ。まるで、その単語を使うだけで、多くの人と同じものを見ることができる気がしている。本当は遠く離れていることにも、全く違うものを見ていることにも気づかずにいる。伝えること、聞くことは、いつもその誤解の上にあって、こうした器の大きな言葉ほど、違うことを話していると気づかなくても、もしくは薄々気づいていても、いつまでもすれ違う言葉を話し続けることができてしまう。

本当は、全てをわかりあいたくて話しているわけではないのかもしれないな、とこういうとき思います。互いが見ている「愛」や「恋」にずれがあっても、それでもそのまま、ずれたまま、話し続けていたいとどこかで願ってしまっている。擦り合わせたくないことがある、無数に違う「愛」や「恋」が、稲穂のようにあちこちで揺れている。誰も同じでなくていいし、通じ合わなくていいし、わかりあわなくてよくて、それでも話していていいとだけ思いたかった。お互いに、話していていいと思いたい。私が書けば書くほど、あなたもあなたが思うことを話せる気がしてほしい。

エッセイを書くのは共感してほしいわけでも、賛同してほしいわけでもなくて、むしろ、書けば書くほど、私の輪郭がはっきりして、他の誰とも同じになれないことがわかるから、それがとてもさみしくて、とても好きだった。言葉だけが自分の足元を照らす光になり、でもやっと、他の誰かが残した街灯や、遠くの世界が作った星の光ではなくて、自分からこぼれた光だけを見て歩く時間が生まれていた。それでもっと、迷子になることはあるのかもしれないが、でも私はこの時間が嬉しかった。それだけが特別だったんだ。うまく伝えられている錯覚だけがあるときの、自分の言葉が好きだ。本当は誰にも思っている通りには伝わっていないとしても、何も言葉にできなかったときより、ずっと自分の輪郭がはっきりして、自分が一人きりの存在であることを、ちゃんと理解できる気がした。私は私が私一人で歩く時間が、長くずっとなかったんだと知っていたから、迷子になっても、この孤独な足音が好きだ。それが一番、他の誰かもそうやって遠くで歩いていると想像するきっかけをくれるから。言葉を擦り合わせるより、もっと、私はこんなときに、耳を澄ませていると思う。遠くで別の誰かも、自分の光だけを見て歩いていると思えたら、それが一番、私のさみしさにふさわしい穏やかさをくれる。人はさみしくてもいいし、一人で歩いていてもいいし、迷子になっていってもいい。自分と誰かのそれぞれの一人きりの足音が、自分と誰かが、生きていることを、何より教えてくれる。

そのときに聞こえる足音が、あなたの足音だったら嬉しいです。

読んでくださり、ありがとうございます。

【初出一覧】

一生じゃない好き……「Maybe!」ｖｏｌ．13（小学館）
青春という言葉が……「Maybe!」ｖｏｌ．４（小学館）
「わかってほしい」愛……『生きてるだけで、愛』劇場用プログラム（松竹）
私はいつも恥ずかしい……「あの夜」０号（扶桑社）
二度寝の代わりの朝マック……「BRUTUS」Ｎｏ．９２０（マガジンハウス）
誰も知らないアニメ……「週刊文春」２０２１年２月４日号（文藝春秋）
資生堂パーラーでオムライス愛……「花椿」ｗｅｂ（資生堂）
遠くて他人のスーパーヒーロー……「フィガロジャポン」２０２２年10月号（ＣＣＣメディアハウス）
私未満をやめたくて……「フィガロジャポン」２０２２年11月号（ＣＣＣメディアハウス）
VS「今読むべき本」……「朝日新聞」２０１９年８月３日
普遍より最高でいて……「Pen」２０２２年11月号（ＣＣＣメディアハウス）
傷口……「Numéro TOKYO」２０２０年９月号（扶桑社）
花を消費する……「フィガロジャポン」２０２０年11月号（ＣＣＣメディアハウス）
最大級に透明な詩人……「Pen」２０２３年７月号（ＣＣＣメディアハウス）
恋できみが死なない理由……「新潮」２０２３年６月号（新潮社）
コロナ禍日記特集に書いたもの……「文藝」２０２０年秋季号（河出書房新社）
好きのシンプル……「フィガロジャポン」２０２３年５月号（ＣＣＣメディアハウス）

私が見ている空の青さは……「読売新聞 YOUTH PAPER」ｖｏｌ.01

幼さを思い出すことはできない。……Ｗｅｂ河出

大人になる……「共同通信」２０２２年4月配信

さみしいままでいるために。……「ＰＨＰスペシャル」２０２０年12月号（ＰＨＰ研究所）

散歩する思考……「中原中也記念館 館報２０１８」第23号

必ずきみが愛さなくちゃいけない人なんて、いない。と、愛して、伝えたい。……「週刊文春」２０２１年12月30日・1月6日号（文藝春秋）

神様の白髪東京の流星……「青春と読書」２０２２年9月号（集英社）

主人公になれない人生……『涼宮ハルヒの陰謀』巻末（角川文庫）

タクシーの窓から……「東京人」２０１８年3月号（都市出版）

ここは永久に恐ろしい孤独……「月に吠えよ、萩原朔太郎展」ミニカタログ（世田谷文学館）

だから、暗闇へ。……「暮しの手帖」第4世紀92号（暮しの手帖社）

阪神淡路大震災……『平成遺産』（淡交社）

言葉という「暴力」と、付き合う。……「ａｎ・ａｎ」Ｎｏ.２１３８（マガジンハウス）

宇宙・わからなさ・言葉……機関紙「JAXA's」Ｎｏ.８０（ＪＡＸＡ）

それ以外……ネットで発表

＊本書掲載にあたり、一部タイトルの変更・加筆修正をしております。

最果タヒ（さいはて・たひ）

一九八六年生まれ。詩人。二〇〇六年、第四四回現代詩手帖賞を受賞。〇七年、第一詩集『グッドモーニング』刊行。同作で第一三回中原中也賞を受賞。一五年、詩集『死んでしまう系のぼくらに』で第三三回現代詩花椿賞を受賞。他の著書に、詩集『空が分裂する』『夜空はいつでも最高密度の青色だ』（映画化）『愛の縫い目はここ』『天国と、とてつもない暇』『恋人たちはせーので光る』『夜景座生まれ』『さっきまでは薔薇だったぼく』『不死身のつもりの流れ星』、小説『星か獣になる季節』『少女ABCDEFGHIJKLMN』『十代に共感する奴はみんな嘘つき』、エッセイ集『きみの言い訳は最高の芸術』『もぐ∞』『「好き」の因数分解』『コンプレックス・プリズム』、清川あさみとの共著『千年後の百人一首』などがある。

恋《こい》できみが死《し》なない理由《りゆう》

二〇二三年一〇月三〇日　初版発行
二〇二四年 九 月三〇日　6刷発行

著者　最果タヒ
ブックデザイン　佐々木俊（AYOND）
装画・挿画　unpis
発行者　小野寺優
発行所　株式会社河出書房新社
〒一六二-八五四四 東京都新宿区東五軒町二-一三
電話　〇三-三四〇四-一二〇一［営業］
〇三-三四〇四-八六一一［編集］
https://www.kawade.co.jp/
組版　KAWADE DTP WORKS
印刷・製本　TOPPANクロレ株式会社

Printed in Japan
ISBN978-4-309-03155-2

［河出書房新社　最果タヒの本］

『きみの言い訳は最高の芸術』

（河出文庫）

いま、もっとも注目の作家・最果タヒが贈る、初のエッセイ集。「友達はいらない」「宇多田ヒカルのこと」「不適切な言葉が入力されています」ほか、文庫版オリジナルエッセイも収録！

『少女ABCDEFGHIJKLMN』

（河出文庫）

好き、それだけがすべてです——「きみは透明性」「わたしたちは永遠の裸」「宇宙以前」「きみ、孤独は孤独は孤独」。最果タヒがすべての少女に贈る、本当に本当の「生」の物語！

『もぐ∞』

（河出文庫）

最果タヒが「食べる」を綴ったエッセイ集。「パフェはたべものの天才」「グッバイ小籠包」「ぼくの理想はカレーかラーメン」etc. ＋文庫版おまけ「最果タヒ的たべもの辞典（増補版）」収録。

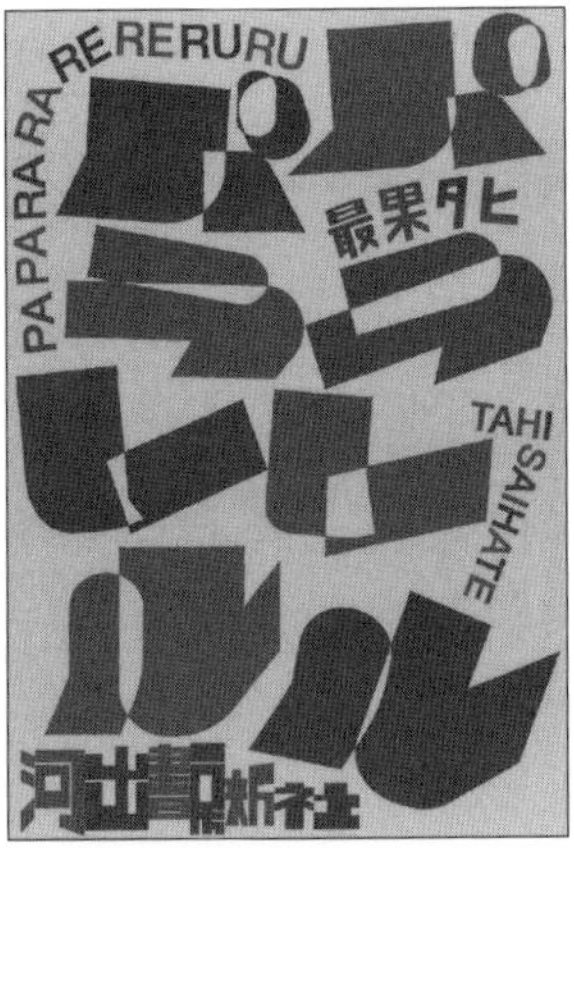

『パパラレレルル』

「恋はいかづち。ラブイズサンダー。美しい雷が私の避雷針に飛んでいった。」（本文より）――〝物語〟と〝言葉〟が弾ける26の小宇宙。最果タヒ、最高の短編集！